Opi Kas, die Zimtziegen und ich

Marjolijn Hof

OPI KAS, DIE ZIMTZIEGEN UND ICH

Aus dem Niederländischen von Meike Blatnik

Mit Vignetten von Joëlle Tourlonias

ALADIN

Für meine Familie,
die auf wundersame Art wächst

EINS

Der Sturm blies dichte Schneeböen über die Fahrbahn und alles wirbelte und rieselte durcheinander. Es war so windig, dass der Transporter bebte. Ich hatte Angst, wir würden kentern.

Das große Survival-Handbuch steckte in meiner Reisetasche im Kofferraum. Darin stand nichts über gekenterte Transporter, das wusste ich mit Sicherheit. Allerdings alles über Stürme und Windstärken und Erste Hilfe bei Unfällen. Eigentlich war *Das große Survival-Handbuch* viel zu groß und zu dick für unterwegs. Man musste es drinnen lesen, an einem geschützten Ort, und das, was man gelesen hatte, musste man sich für den Ernstfall merken.

Die Dreier-Regeln zum Beispiel. Die Dreier-Regeln hatte ich auswendig gelernt. Normalerweise trifft man eine Entscheidung innerhalb von drei Sekunden, und davon hängt dein Leben ab. Und wenn es schiefgeht – das Gehirn kann drei Sekunden ohne Sauerstoff auskommen. Vielleicht auch etwas länger, aber nicht ohne Schäden, und dann hat man zukünftig schon bei der ersten Dreier-Regel verloren. Bei extremem Klima überlebt der Mensch drei Stunden ohne besonderen Schutz. Ohne Trinkwasser hält er es drei Tage aus und ohne Nahrung drei Wochen.

Ich hatte nur den Anfang des *Großen Survival-Handbuchs* gelesen. Es hatte über dreihundert Seiten und nach einer Weile fingen die ganzen Überlebenstipps an mich zu langweilen. Aber Mama hatte gesagt, ich solle ein Buch mitnehmen, mit dem ich mich mindestens eine Woche lang beschäftigen konnte.

»Are we okay?«, fragte ich den Fahrer. Ich wusste nicht, wie man »kentern« auf Isländisch sagt. Oder auf Englisch. Oder in irgendeiner anderen Sprache.

Er lachte. »Jau. We are okay.«

Wir fuhren langsam. Ab und zu tauchte ein Leitpfosten auf, das beruhigte mich. Alles war in Ordnung, wir folgten der Fahrbahn. Doch zwischen einem Pfosten und dem nächsten war nichts als wirbelnder Schnee. Manchmal hielt der Wind seinen Atem kurz an, dann konnten wir etwas schneller fahren. Doch sofort kam eine neue Sturmböe an, und der Fahrer musste das Tempo wieder drosseln.

Ich drehte mich zu Linde um. Sie sah jämmerlich aus, ihre Angst zu kentern war noch größer als meine.

»Wo ist der Abgrund?«, fragte sie.

»Links«, sagte Mama.

»Dann ist das Meer auch auf dieser Seite«, sagte Oma. Sie tippte mir auf die Schulter. »Stimmt's?«

»Woher soll ich das wissen?«

»Frag den Fahrer.«

»Das Meer?«, fragte ich. »Where is the sea?«

Der Fahrer zeigte nach links.

»Twan hat den Fahrer gefragt«, sagte Oma. »Dort ist das Meer.«

»Dann sind wir fast da«, sagte Mama. »So lang kann der Küstenweg nicht sein.« Sie fing an zu singen: *»Hopp, hopp, hopp, Pferdchen, lauf Galopp.«*

Oma stimmte mit ein: *»Über Stock und über Steine, aber brich dir nicht die Beine!«*

Peinlicher ging es nicht.

»Hopp, hopp, hopp, Pferdchen, lauf Galopp!«, sangen beide im Chor.

Linde und ich stellten uns taub.

Das war unser zweiter Reisetag. Am ersten waren wir nach

Reykjavik geflogen, wo wir in einem Hotel mit Stockbetten übernachtet hatten. Wir aßen Hotdogs und Hamburger und schlenderten durch die Stadt. Wir unternahmen weiter nichts. Da wir nicht genau wussten, was noch alles auf uns zukommen würde, versuchten Mama und Oma so wenig Geld wie möglich auszugeben.

Am nächsten Vormittag stiegen wir in ein kleines Flugzeug, das uns in den Norden brachte. Mama saß neben einem Mann, der über das Wetter redete. Er sagte, es würde Sturm geben.

»Ich glaube, der kennt sich mit so was aus«, sagte Mama zu uns.

Als wir gelandet waren, behauptete Oma, alles sei halb so wild. Sie höre nicht auf Männer, die sich angeblich mit so was auskannten. In neun von zehn Fällen handele es sich um reine Einschüchterung. Oder Angeberei. Auf jeden Fall sei es so gut wie nie wahr. Und ob wir uns das hinter die Ohren schreiben wollten.

Wir gingen zum Transporter und ich betrachtete den Himmel. Wenn sich jemand nicht mit dem Wetter auskannte, dann war es Oma. Da oben sah es grau und bedrohlich aus.

Innerhalb von drei Sekunden traf ich eine falsche Entscheidung. Ich wollte neben dem Fahrer sitzen und dachte, ich hätte mir den besten Platz ausgesucht. Aber unterwegs gab es immer mehr Wind und Schnee, und ich merkte, dass der Beifahrersitz die schlechteste Wahl gewesen war. Vorne bekam ich genau mit, wie schlimm es wirklich war und wie wenig der Fahrer sehen konnte. Hinten saß man besser. Oma, Mama und Linde hockten eng nebeneinander und merkten nicht, wie lange es mitunter von einem Leitpfosten zum nächsten dauerte.

Der Transporter fuhr in einen schmalen Tunnel. Alle paar Meter waren Einbuchtungen in die Bergwand gehauen worden. Zwei Autos nebeneinander passten nicht. Der Gegenverkehr würde ausweichen müssen. Oder wir würden ausweichen müssen. Doch es gab keinen Gegenverkehr, der Tunnel lag genauso verlassen da wie die Fahrbahn.

»Hattest du Angst?«, fragte Linde mich.

»Ich dachte, wir würden kentern.«

»Kentern?« Linde beugte sich vor, ihr Mund dicht an meinem Ohr. »Autos kentern nicht. Autos kippen um.«

ZWEI

Am anderen Ende des Tunnels befand sich das Dorf von Opi Kas.

»Wartet er auf uns?«, fragte Mama. »Ist er da?«

Oma wischte mit dem Jackenärmel über das Fenster. »Ich glaube nicht.«

Der Fahrer stieg aus und öffnete die breite Schiebetür, um Oma, Mama und Linde aussteigen zu lassen. Ich kletterte auch aus dem Auto und setzte die Füße vorsichtig auf. Der Schnee auf der Straße war matschig und nass. Es war nur ein kleines Stück bis zum Gehweg der Tankstelle, aber ich schaffte es nicht, dass meine Turnschuhe trocken blieben.

Alle waren mit irgendetwas beschäftigt. Der Fahrer lud das Gepäck aus. Linde, Mama und Oma liefen hin und her. Oma zählte unsere Koffer und Reisetaschen. Mama bezahlte den Fahrer.

Ein alter Mann stellte sich zu mir. Er hatte einen Wollschal um den Hals und eine Mütze auf dem Kopf.

»Bist du einer von den Zwillingen?«, fragte er.

»Ja«, sagte ich.

»Papsi!«, rief Oma. »Du hast Twan gefunden.« Sie winkte Mama und Linde näher. »Opi Kas ist da!«

Mama gab Opi Kas einen Kuss. »Hallo, Opa«, sagte sie.

Linde gab ihm die Hand und Opi Kas schüttelte sie. Er hatte braune Fausthandschuhe an. »Dann bist du der andere«, sagte er.

»Puh, ganz schön lange her«, sagte Mama. »Erinnert ihr euch noch an Opi Kas? Nein, natürlich nicht. Ihr wart zwei Jahre alt. Oder drei? Nein, vier, ihr wart vier und Opi Kas war eine Woche lang zu Besuch.«

»Sie waren drei Jahre alt«, sagte Oma. »Das war kurz nach ihrem Geburtstag.«

»Oma hat Recht«, sagte Mama. »Daran könnt ihr euch bestimmt nicht mehr erinnern.«

Mama wusste, dass wir uns an nichts erinnern konnten. Das hatten wir ihr schon zu Hause gesagt.

Opi Kas zeigte auf ein rotes Auto, das ein Stück weiter geparkt war. »Svanna nimmt das Gepäck mit. Sie haben meinen Autoschlüssel einkassiert. Das ist ein Problem für mich.«

»Ich weiß«, sagte Mama. »Du darfst nicht mehr fahren.«

»Wer sagt das?«

»Darfst du einfach nicht«, sagte Oma. »Es ist zu deinem eigenen Besten.«

»Dann ist das wohl so«, sagte Opi Kas und zog sich die Mütze noch weiter über den Kopf.

Wir trugen das Gepäck zum roten Auto. Linde versuchte ihren Rollkoffer hinter sich herzuziehen; die Räder blieben im Schnee stecken. Eine mollige Frau stieg aus. Sie packte alles ins Auto. Für uns blieb kein Platz.

Die Frau gab jedem die Hand. »Hello, I'm Svanna.« Dabei lächelte sie freundlich.

»Hello«, sagte Mama. Sie wollte noch etwas hinzufügen, aber Svanna stieg ins Auto, schlug die Tür zu und fuhr langsam los, ein Stück geradeaus und um die Ecke.

»Ich hab ihr gesagt, wir gehen zu Fuß«, sagte Opi Kas. »Ist nicht weit.«

Die Tankstelle schützte uns einigermaßen vor dem Wind. Wir trödelten.

»Kommt schon«, sagte Oma. »Wir sind doch nicht aus Zucker.«

Der Wind blies im Dorf weniger stark als auf dem Küstenweg, doch es war noch immer stürmisch. Windstärke sechs oder sieben. Vielleicht auch siebeneinhalb.

Opi Kas ging vorneweg. Er schwankte. Das hatte nicht viel zu sagen, vielleicht schwankte er schon bei Windstärke null.

»Hast du keinen Stock?«, fragte Oma. Sie musste laut sprechen, um das Tosen des Windes zu übertönen.

Opi Kas drehte sich Stück für Stück um. Er nahm Oma in Augenschein, in aller Ruhe. »Ich brauche keinen Stock.«

»Das kannst du mir nicht weismachen«, sagte Oma.

»Gib mir einen Schubs. Mach ruhig. Gib mir einen Schubs, dann wirst du schon sehen, dass ich auf den Beinen bleibe. Ohne Stock.«

»Muss das jetzt sein?«, fragte Mama. »Kann das nicht warten?«

Opi Kas wandte uns wieder den Rücken zu und setzte sich in Bewegung. Oma ging neben ihm her und gab ihm keinen Schubs, sondern ihren Arm.

Es war später Nachmittag, die Dämmerung brach herein und die Straßenlaternen sprangen an. Das Dorf musste in unmittelbarer Nähe zum Meer und zu den Bergen liegen, aber davon war keine Spur zu sehen. Der Himmel war komplett zugezogen und grau und der Schnee kam direkt von vorne. Die Schneeflocken blieben an meinen Wimpern kleben, ich musste die Augen zukneifen. Die Kälte schnitt mir in Kopf und Hände und drang in meine durchweichten Turnschuhe. Im *Großen Survival-Handbuch* stand, dass man bei Erfrierungen die Hände unter die eigenen Achseln stecken soll und die Füße unter die Achseln von jemand anderem. Eisfüße unter den Achseln, das kam mir furchtbar vor. Aber manchmal hatte man keine Wahl, erfrorene Zehen werden amputiert, wenn man nicht rechtzeitig etwas dagegen unternimmt.

Linde ging neben mir.

»Hast du kalte Füße?«, fragte ich.

Sie antwortete nicht.

»Du hast kalte Füße«, sagte ich.

Das Haus von Opi Kas war klein und gelb. Es war ein frei stehendes Haus, das etwas zurückgesetzt von der Straße stand. Hinter der Eingangstür gab es einen Flur mit Steinfußboden. Opi Kas klopfte sich den Schnee von der Jacke und stampfte ein paarmal mit den Füßen, ehe er das Haus betrat. Er ließ sich auf einen Holzhocker fallen und zog die Schuhe aus. Er wollte sie in ein Schuhregal räumen, doch wir waren gerade dabei, unsere Schnürsenkel aufzumachen, und standen uns derart im Weg, dass es eine Weile dauerte, bis er drankam.

Kurz darauf liefen wir auf Socken durchs Haus. Zwischen der Küche und dem Wohnzimmer befand sich eine Türöffnung ohne Tür. Unser Gepäck stand neben einem braunen Lehnsessel. Svanna waren nirgends zu entdecken.

Opi Kas zeigte uns die Schlafzimmer. Wir versuchten, uns alles ohne großes Drängeln und Stoßen anzusehen. Doch während die einen hineinwollten, wollten die anderen gerade hinaus, im Flur kamen wir uns schließlich alle in die Quere.

Es gab ein Gästezimmer mit einem Doppelbett und einer zusätzlichen Matratze auf dem Boden. Es war kaum genug Platz, um die Tür zu öffnen.

Das zweite Zimmer war etwas geräumiger. Opi Kas hatte ein Einzelbett. Ein zerknittertes Bettlaken lag darauf und eine blaue Wolldecke hing halb auf den Boden. An der anderen Zimmerseite stand ein Sofa mit braunen Cordkissen, und es gab einen Holzschrank mit einer Spiegeltür.

»Das wär's«, sagte Opi Kas. »Und ich hab noch einen Dachboden.« Zurück in der Küche zeigte er auf eine Luke in der Decke.

»Was bewahrst du dort auf?«, fragte Oma.

»Ein paar Sachen«, sagte Opi Kas. »Nichts weiter.«

»Was für Sachen?«

»Das werde ich dir nicht auf die Nase binden«, sagte Opi Kas zu Oma. »Das kennst du doch. Man bewahrt das eine oder andere auf, auch wenn man es nicht mehr unbedingt braucht.«

Linde interessierten die Sachen von Opi Kas nicht. »Wo ist die Toilette?«, wollte sie wissen.

»Am Ende des Flurs«, sagte Opi Kas.

Als Linde von der Toilette zurückkam, wollte sie noch mehr wissen. »Wo ist das Badezimmer?«

Opi Kas klopfte auf die Anrichte. Ein Waschlappen hing über dem Wasserhahn und neben dem Spülbecken stand ein Schälchen mit einem Stück Seife.

»Und die Dusche?«, fragte Linde.

»Tja«, sagte Opi Kas. »Im Schwimmbad. Ein Stück weiter hoch. Ich darf ja nicht mehr Auto fahren, also lauf ich hin und dann wieder zurück. Das dauert alles.«

»Ich will nicht ins Schwimmbad!«, sagte Linde.

»Uns fällt schon was ein«, sagte Mama.

»Lasst uns erst mal überlegen, wer wo schläft«, sagte Oma. »Wir können zu dritt ins Gästezimmer und bei Opi Kas ist auch noch Platz.«

»Dann gehst du zu Opi Kas«, sagte ich zu Oma. »Mama und ich und Linde schlafen zusammen.«

»Das will ich nicht«, sagte Linde.

Ich überlegte kurz. Fand ich es okay, bei Oma zu schlafen? »Gut«, sagte ich. »Dann schläft Mama bei Opi Kas und Oma darf bei uns schlafen.«

»Das will ich auch nicht«, sagte Linde. »Ich will ein Mädchen- und ein Jungszimmer.«

»Jungs?«

Linde nickte in Richtung Opi Kas. Der hatte sich auf einen Küchenstuhl gesetzt. Ohne Schal und Mütze sah er ganz zerknittert aus. Er hatte eine große Nase und große Ohren und Augenbrauen mit langen Haaren, die in alle Himmelsrichtungen wuchsen. Er hatte Bartstoppeln auf der Oberlippe und am Kinn ein paar vereinzelte Bartbüschel.

»Nein«, sagte ich.

»Linde darf entscheiden«, sagte Oma leise. Sie bedeckte den Mund halb mit der Hand. »Sie ist jetzt ein großes Mädchen.«

»Oma will sagen, dass Linde ihre Tage bekommen hat«, flüsterte Mama.

»Worum geht's?«, fragte Opi Kas.

»Um gar nichts!«, sagte Linde.

»Darum, wer wo schläft«, sagte Oma. »Wir machen ein Mädchen- und ein Jungszimmer.«

»So«, sagte Opi Kas. »Ein Jungszimmer, na toll.«

»Twan und ich müssen uns mal kurz unterhalten«, sagte Mama. Sie schob mich aus der Küche. Im Flur bei der Garderobe sagte sie: »Linde hat zum ersten Mal ihre Tage und sie hat Unterleibsschmerzen.«

»Schon gut.«

»Wenn ein Mädchen ihre Tage bekommt«, fuhr Mama fort, »hat sie ihre Regelblutung. Das weißt du.«

»Ist gut, Mama.«

»Das ist gar nicht so einfach, vor allem das erste Mal. Darum will sie lieber mit uns in ein Zimmer. Frauen unter sich, das verstehst du doch?«

»Kann ich im Wohnzimmer schlafen?«

Im Wohnzimmer gab es zwar kein Sofa, sondern nur zwei Lehnsessel, aber Opi Kas würde bestimmt nichts dagegen haben, wenn ich das Sofa aus seinem Schlafzimmer woanders hinstellte.

»Das geht nicht«, sagte Mama. »Wir müssen uns abends doch irgendwo unterhalten können. Wir gehen spät ins Bett und du bist viel früher müde.«

»Dann will ich in die Küche.«

»Spinn nicht rum«, sagte Mama. Sie führte mich in Opi Kas' Zimmer. »Ist doch gemütlich hier, schau mal.«

»Und der Dachboden?«, sagte ich. »Darf ich nicht wenigstens auf den Dachboden?«

»Twan«, sagte Mama. »Weißt du, wie klein das Haus ist? Da oben ist so gut wie kein Platz.« Sie hielt die Hand ein Stück über den Boden. »So hoch ist der Raum ungefähr. Höher nicht. Der Dachboden ist nicht mehr als ein Stauraum. Für Sachen, hat Opi Kas doch gesagt.«

»Was für Sachen?«

Mama verlor die Geduld. »Das ist doch ganz egal. Fängst du jetzt auch damit an?« Sie strich über die braune Sofalehne. »Du schläfst einfach hier. Für eine Nacht. Abgemacht?«

Ich lief aus dem Zimmer.

Mama kam hinter mir her. »Twan?«

»Eine Nacht«, sagte ich. Es würden mehr werden, das war mir jetzt schon klar. Und Mama auch.

In der Küche machte Oma Kaffee.

»Darum kümmert sich Svanna meistens«, sagte Opi Kas.

Oma nahm eine Thermoskanne von der Anrichte.

»Ab heute sind wir da«, sagte Mama. »Und wir haben alles mit Svanna besprochen. Sie hat uns angerufen.«

Oma schüttelte warnend den Kopf. Es war besser, kein Wort über das Telefonat mit Svanna zu verlieren.

Svanna hatte Omas Telefonnummer in Opi Kas' Adressbuch gefunden. Das war vor einem Monat. Sie hatte Oma angerufen und Oma hatte uns erzählt, was Svanna gesagt hatte. Dass es Opi Kas nicht gut gehe.

»Er braucht jeden Tag Hilfe«, sagte Oma. »Und Svanna ist einfach nur jemand aus dem Ort. Wir können nicht zulassen, dass sie sich um einen alten Mann kümmert, der … nun ja, der zu unserer Familie gehört.«

»Wie schlimm ist es?«, fragte Mama.

»Er ist alle«, sagte Oma.

»Alle?«, fragte Mama. »Was ist das denn für ein Ausdruck?«

»Fast alle. Das scheint er überall herumzuposaunen. Dass man ihn in Ruhe lassen solle, weil er fast alle ist.«

»Das ist nicht dein Ernst«, sagte Mama.

»Ich fürchte schon. Und Svanna findet, dass das so nicht länger geht. Wir müssen uns irgendwie um Papsi kümmern.«

»Es gibt dort auch Altenheime«, sagte Mama. »Kann doch gar nicht anders sein. Altenheime gibt es überall. Vielleicht gibt es auch eines für Seemänner, das wäre perfekt. Island ist ein Land der Fischer, also muss es auch irgendwo ein Altenheim für Seemänner geben.«

»Bestimmt. Und Papsi fände das prima. Er ist sein ganzes Leben lang zur See gefahren und jeder weiß doch, dass Fischer sich am besten mit anderen Fischern verstehen. Aber wer besucht ihn dann? Und was, wenn plötzlich etwas passiert? Es ist zu weit weg. Wenn wir uns um Papsi kümmern, dann müssen wir das vor Ort tun. Hier bei uns, und nicht dort.«

Mama holte tief Luft. »Weißt du, was das heißt?«, fragte sie Oma.

»Ja«, sagte Oma.

»Was?«, fragte ich.

»Wir müssen Opi Kas herholen«, sagte Mama.

Wir, das waren Oma und Mama, wie ich zuerst dachte, doch Mama sagte nach einigen Tagen, dass Linde und ich auch dazuzählten.

»Ich verstehe wirklich nicht, warum Twan und ich mitmüssen«, sagte Linde.

»Weil es besser ist«, sagte Mama. »Wir hoffen, dass Opi Kas sich freut, uns zu sehen. Seine ganze Familie! Seine Tochter, seine Enkelin, seine Urenkel! Opi Kas muss sich willkommen fühlen, das ist der springende Punkt!«

»Wir glauben, dass er sich querstellen wird«, sagte Oma. »Das ist der springende Punkt.«

»Wir sollen also rumschleimen«, sagte Linde.

»Natürlich nicht«, sagte Mama.

»Doch«, sagte Oma. »Aber so schlimm ist das nicht.«

»So darfst du das nicht nennen«, sagte Mama. »Es geht um Familienbande.«

»Was für Familienbande?«, fragte Linde. »Ich kenne Opi Kas nicht mal!«

»Er ist einmal hergekommen. Nur, um euch zu sehen.«

»Das zählt nicht«, sagte ich. »Das ist viel zu lange her. Daran kann ich mich nicht erinnern.«

»Kein bisschen«, sagte Linde.

»Ich glaube, dass es wichtig ist«, sagte Mama. »Und dass wir mehr Glück haben, wenn wir zusammen fahren.«

Die Küche von Opi Kas roch nach Kaffee. Oma schenkte drei Becher ein.

»Warum hat Svanna euch angerufen?«, fragte Opi Kas.

»Es ging ums Gepäck«, log Oma. »Und darum, wann wir ankommen.«

»Woher hat sie die Nummer?«

»Was weiß ich«, sagte Oma. »Von dir? Vielleicht hast du sie ihr gegeben? Für den Notfall.«

Opi Kas blickte auf seine Füße. Er starrte auf die Socken

und seufzte. Nach einer Weile sagte er: »Dann ist das wohl so.«

Mama machte Kakao für Linde und mich. »Svanna hat das Abendessen vorbereitet«, sagte sie. »Was mit Fisch, glaub ich. Wir müssen es nur noch warm machen.«

»Plokkfiskur«, sagte Opi Kas.

»Plokkfiskur?«, fragte Mama und danach sagte Oma: »Plokkfiskur.« Und ich rief: »Plokkfiskur! Plokkfiskur!« Es tat gut, Lärm zu machen.

Opi Kas lachte. »Plokkfiskur«, sagte er langsam.

»Puh, das war nötig«, sagte Oma, »ein bisschen Heiterkeit.«

Es wurde schlagartig still.

Mama schob den Plokkfiskur in den Ofen.

Opi Kas besaß vier Küchenstühle. Oma holte den Hocker aus dem Flur. Mir war klar, dass der Hocker für mich war. Linde hatte Unterleibsschmerzen, darum durfte sie den Stuhl haben.

Plokkfiskur war lecker. Sahnesoße und Kartoffeln und Fisch ohne Gräten, alles schön miteinander vermatscht.

Opi Kas hatte die Gardinen zugezogen. Draußen heulte der Wind. Da war ein rostiges Geräusch, es kam aus dem

Dorf; etwas knarrte und quietschte langsam durch die Straßen.

»Ein Ungeheuer aus Eisen«, sagte ich.

»Das ist der Räumer«, sagte Opi Kas, und alle taten so, als wäre das eine klare Antwort.

Ich wollte fragen, was für ein Räumer, aber Opi Kas war mit essen beschäftigt. Er schmatzte. Immer wieder wischte er sich Reste Plokkfiskur mit der Hand vom Mund und machte die Hand danach am Pullover sauber. Ab und zu wischte er sich auch über die Augen. Sie waren wässerig und das linke tränte ein wenig.

Es war schwer zu glauben, dass Opi Kas fast alle war.

Ich wusste nicht genau, was »fast alle« bedeutete. Ich wusste, was »alle alle« bedeutete. »Alle alle« war tot. Nicht auszudenken, Opi Kas wäre heute Nacht alle alle und ich läge schlafend im selben Zimmer.

Nach dem Essen kam Svanna vorbei und brachte Decken und Bettzeug. Es gab sogar zwei richtige Federbetten.

»Federbett oder Decke?«, fragte Mama.

»Decke«, sagte ich, weil ich noch nie unter einer anderen geschlafen hatte.

»Federbett«, sagte Linde.

Mama machte aus dem Sofa in Opi Kas' Schlafzimmer ein Bett. Ich bekam ein Bettlaken und einen Bezug für die gelbe Decke.

»Stirbt er bald?«, flüsterte ich.

»Aber nein«, sagte Mama. »Du brauchst keine Angst zu haben.«

»Ich habe keine Angst«, sagte ich.

Mama zog die Decke gerade. »Dann ist ja gut.«

Ich putzte meine Zähne in der Küche. Mama sagte, ich solle mein Gesicht waschen.

Opi Kas, Oma und Linde setzten sich ins Wohnzimmer auf der anderen Seite der Türöffnung ohne Tür.

Und wenn ich den Rest auch waschen wolle, sagte Mama, würde sie ein Handtuch hochhalten. Sie schaute auf meinen Po und ich verstand, was sie meinte.

»Nicht nötig«, sagte ich.

Nach mir durfte Linde in die Küche. Mama stellte sich in die Türöffnung und hielt ein Handtuch hoch.

Linde rief die ganze Zeit: »Nicht gucken, nicht gucken.«

»Ich frage, ob wir morgen bei Svanna duschen dürfen«, sagte Mama.

»Pass nur auf«, sagte Opi Kas. »Zu viel duschen ist nicht gut für einen Menschen.«

Ich nahm *Das große Survival-Handbuch* mit ins Bett und las ein paar Seiten. Es ging ums Feuermachen.

Mama kam, um mir einen Kuss zu geben. *»Schlaf, Kindchen, schlaf«*, sang sie.

Ich zog mir die Decke über den Kopf.

»Der Vater hüt' die Schaf.«

»Aufhören!«

»Man kann dich so schön auf die Palme bringen«, sagte Mama. *»Die Mutter schüttelt's Bäumelein.«* Singend verließ sie das Zimmer. *»Fällt herab ein Träumelein. Schlaf, Kindchen, schlaf.«* Mama versuchte nicht, Linde auf die Palme zu bringen. Sie ging direkt in die Küche, das Mädchenzimmer ließ sie links liegen.

Ich las noch ein paar Zeilen. Ich musste rechtzeitig aufhören, denn gleich würde Opi Kas ins Bett gehen und davon wollte ich so wenig wie möglich mitbekommen.

Aber Opi Kas war schneller müde, als ich erwartet hatte. Er kam herein, da hatte ich das Kapitel noch nicht fertig gelesen.

»Sicher spannend, oder?«

Ich drehte mich auf die Seite mit dem Gesicht zur Wand.

»Es geht um Feuer«, sagte ich.

»Lies mal was vor«, sagte Opi Kas.

»Was?«

»Einfach ein Stückchen, egal was. Ich bin zu alt, um selbst zu lesen.«

»Das ist kein Vorlesebuch.«

»Kannst ruhig sagen, wenn du keine Lust hast«, sagte Opi Kas. »Es ist dein Buch, du bist der Chef.«

Ich drehte mich auf die andere Seite. Opi Kas hatte sich umgezogen. Er trug jetzt eine karierte Schlafanzughose und ein weißes Hemd. Dann legte er sich auf dem Rücken ins Bett.

»Es ist klug, immer einen guten Feuerstarter zur Hand zu haben«, las ich laut vor. »Vaselinewatte ist leicht gemacht und wiegt besonders wenig.«

»Ist das eine Geschichte?«, fragte Opi Kas.

»Fette Wattebäusche mit Vaseline ein und verwahre sie in einer gut verschlossenen Tüte.«

»Also keine Geschichte?«

»Nein«, sagte ich. »Das ist keine Geschichte. Das ist ein Handbuch mit Abbildungen. Auf dieser Seite sieht man zum Beispiel ein Bild von ein paar Wattebäuschen und daneben liegen dann Zweige und man sieht eine Hand, die einen Funken mit einer Art Zündstein schlägt.«

»Das ist gut«, sagte Opi Kas. »Dass du mir erzählst, was auf den Bildern zu sehen ist.«

Er zog an einer Schnur über seinem Bett, ohne vorher zu fragen, ob ich noch weiterlesen wollte. Das Licht ging aus.

»Ist das Sofa in Ordnung?«

»Passt schon«, sagte ich.

Draußen tobte der Wind. Etwas klapperte dicht am Fenster und in der Ferne hörte man noch immer den Schneeräumer kratzen.

»Ich weiß, was ihr hier wollt«, sagte Opi Kas.

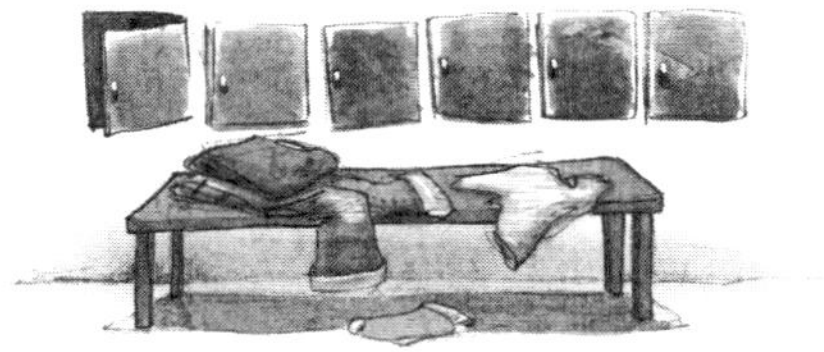

DREI

Nach einer Weile war ich mir sicher, dass Opi Kas schlief. Er atmete langsam ein und aus. Ein Pfeifen kam aus seiner Kehle, als müsste etwas geölt werden.

Der Wind hielt mich wach. Und das Haus machte Geräusche, es knarrte, und ab und zu war ein trockenes Klopfen zu hören. Im Zimmer war es warm und stickig. Ich hörte, wie Mama und Oma zu Bett gingen und danach war ich ganz allein. Alle waren eingeschlafen. Alle hatten einen Traum vom Bäumelein, das Mama für sie geschüttelt hatte, nur ich nicht.

Linde wollte nicht mit mir in ein Zimmer. Ich wollte auch nicht mit Linde in ein Zimmer. Nicht, seitdem ich weiß, dass sie ihre Regel hat. Aber ich spürte, dass Linde es anders meinte, dass es zukünftig immer ein Mädchenzimmer geben würde, auch wenn sie nicht ihre Regel hatte. Ich spürte das einfach. Ich war in doppelter Hinsicht allein. Ich konnte nicht einschlafen und ich durfte nicht in das Zimmer von Linde, Mama und Oma. Linde hatte alles verdorben.

»Zimtziege«, sagte ich.

Opi Kas seufzte. Das Pfeifen aus seiner Kehle hörte für ein paar Sekunden auf; kurz darauf setzte es wieder ein.

»Ein elender Haufen Zimtziegen ist das«, sagte ich. Weil ich Mama und Oma zuerst nicht mitgezählt hatte.

Am nächsten Morgen saß Opi Kas wieder am Küchentisch und wartete mit einem Topf Brei auf mich.

»Wo sind die anderen?«, fragte ich.

»Duschen bei Svanna«, sagte Opi Kas. »Sie wollten dich nicht aufwecken. Du hast so schön geschlafen.«

Er schob den Topf und einen Teller zu mir herüber.

»Gibt es Brot?«

»Siehst du irgendwo Brot?« Opi Kas nahm meinen Teller und füllte einen ordentlichen Klecks Brei auf, über den er braunen Zucker streute.

Ich probierte vorsichtig. Das war ziemlich lecker. Der Zucker knirschte süß zwischen den Zähnen und der Brei war noch warm.

»Ich gehe nachher ins Schwimmbad«, sagte Opi Kas. »Das ist bestimmt schon wieder fünf Tage her.«

»Warum duschst du nicht bei Svanna?«

»Weil sie sich überall einmischt. Sie kommt dann auf einmal ins Badezimmer und will wissen, ob ich mich auch gründlich wasche und ob ich das noch alleine kann.«

»Ich komme mit ins Schwimmbad«, sagte ich.

»Prima«, sagte Opi Kas. »Lass die Zimtziegen ruhig bei Svanna duschen.«

Ich erschrak.

»Dieser elende Haufen Zimtziegen«, sagte Opi Kas. Er grinste, sein Gesicht legte sich in Falten und die buschigen Brauen verdeckten kurz seine Augen. »Fast nichts funktioniert mehr, mein Junge, aber über meine Ohren kann ich nicht klagen. Frag mich nicht, warum das so ist, es ist, wie es ist. Mir wäre lieber, mein Herz würde noch richtig funktionieren.«

Ich nickte.

»Oder was anderes«, sagte Opi Kas.

Er sah mich an. Er hoffte, ich würde fragen: Was denn? Aber so blöd war ich nicht.

Der Sturm hatte sich gelegt, es war ein kalter klarer Tag. Vom Haus zur Straße, quer über die zugeschneite Grasfläche, verliefen die Spuren von Mama, Oma und Linde.

Man konnte sehen, dass sie ordentlich hintereinander hergelaufen waren.

Opi Kas hinterließ ein Stück entfernt seine eigene Spur. Ich folgte ihm nicht sofort. Erst musste ich nach oben gucken. Direkt hinter dem Haus befand sich ein weißer Berg mit groben, dunklen Rändern. Unheimlich nah. Er hatte auf der Lauer gelegen und war heute Nacht, im Dunkeln, langsam auf uns zugekrochen.

»Ein Zombieberg«, sagte ich.

Linde fehlte mir. Wir beide verstanden uns meistens gut. Ich sagte etwas und Linde sagte etwas, das war wie Werfen und Fangen, so schnell, dass niemand folgen konnte. »Worüber reden die beiden um Himmels willen?«, fragte Oma dann.

Aber jetzt sagte ich: »Zombieberg«, und das Wort plumpste jämmerlich zu Boden. Weil Linde nicht da war.

Ich drehte eine Runde. Neben dem Zombieberg stand ein anderer Berg, daneben wieder einer und immer so weiter.

»Wir sind umzingelt«, sagte ich.

Drei Plumpsworte hintereinander.

Ich überquerte die Fläche vorm Haus und holte Opi Kas am Beginn der Straße ein. Gemeinsam gingen wir weiter. Langsam, da Opi Kas schwankte, auch wenn es so gut wie keinen Wind gab. Wir mussten uns entscheiden: entweder wir gingen auf der glatten Straße oder auf dem Gehweg, der voller holpriger Schneehaufen war. Opi Kas entschied sich für die Straßenmitte. Er trug hohe Wanderschuhe und hatte sich die Hosenbeine in die Socken gesteckt. Ich hatte meine Turnschuhe angezogen und schon wieder kalte Füße.

Wir kamen an einer Bäckerei, an einer Apotheke und an einem Hafen vorbei, kurz vor der Kirche bogen wir links ab.

»Da hinten öffnet sich der Fjord zum Meer«, erklärte uns Opi Kas mit einer Handbewegung.

Ich verstand langsam, wie das Dorf aufgebaut war. Es lang am Rand eines schmalen Meeresarms. Dem Fjord. Die Berge standen dicht um den Fjord herum, fast bis ans Wasser. Es war gerade genug Platz für die Häuser.

»Hier wimmelte es nur so von Hering«, sagte Opi Kas.

»Was ist wimmeln?«, fragte ich.

Opi Kas blieb stehen. »Alles war voller Hering.«

»Toll.«

Opi Kas merkte, dass mir der Hering herzlich egal war.

»Du hast ja keine Ahnung«, sagte er. »Hier war was los. Ein Boot nach dem anderen und überall Hering. Und die Heringsmädchen erst … Oh, die Heringsmädchen, Junge, die kannten sich aus.«

»Womit?«

»Kopf ab, Eingeweide raus und hopp – in die Tonne. So flink, so schnell konnte man kaum gucken. Und wenn eine Tonne voll war, war die nächste dran.«

»Was soll man denn mit einer Tonne Hering«, sagte ich. »Eine Tonne Lakritze wäre viel besser. Oder eine Tonne Vanillepudding. Und überall Vanillepudding-Boote und Vanillepudding-Mädchen.«

»Du hast zu viel Fantasie«, sagte Opi Kas. »Damit musst du aufpassen.«

Wir gingen weiter, ohne etwas zu sagen. Ab und zu mussten wir kurz Platz machen für ein Auto.

Im Schwimmbad hörte ich Opi Kas zum ersten Mal Isländisch sprechen. Er redete mit einem Jungen an der Kasse. Ich konnte nicht viel verstehen. »Jau« verstand ich und »nei«, und dass sie über mich sprachen, verstand ich auch, weil sie beide zu mir schauten und der Junge dabei nickte und lachte.

Ich hatte kein Geld dabei, Opi Kas bezahlte meine Karte. Danach gab er dem Jungen sein Portemonnaie und ich gab ihm mein Telefon. Der Junge legte alles auf ein Regalbrett hinter der Kasse.

Opi Kas wusste nicht nur im Dorf den Weg, sondern

auch im Schwimmbad, also folgte ich ihm. Eine Treppe hinunter zu einem Schuhregal, wo wir unsere Schuhe auszogen, durch eine Tür zu einer Umkleide mit Holzbänken und Haken an der Wand.

Opi Kas steckte seine Mütze in die Jackentasche, hängte seine Jacke und seinen Schal an einen der Haken und machte sich daran, seine Hose zu öffnen.

»Wo sind die Kabinen?«, fragte ich.

»Es gibt keine Kabinen«, sagte Opi Kas.

Seine Hose rutschte herunter. Eine weiße Schlabberunterhose kam zum Vorschein.

Ich entschied mich für einen Platz am anderen Ende der Umkleide, in der Nähe der Duschen, und zog mich so schnell wie möglich aus. Gerade als ich meine Badehose anziehen wollte, rief Opi Kas.

»Lass ruhig!«

Er näherte sich nackig, ein Handtuch und eine Badehose in der Hand.

Ich versuchte so wenig wie möglich von ihm in den Blick zu bekommen. Als er an mir vorbei war, trottete ich mit einem Handtuch um die Taille hinter ihm her.

Im Duschraum hing ein Schild:

ÞVOIÐ YÐUR ÁN SUNDFATA

»Bitte ohne Badebekleidung duschen«, übersetzte Opi Kas. »So macht man das hier.«

Zur Verdeutlichung hing ein weiteres Schild dort. Darauf war ein Männchen abgebildet. Alle Stellen, an denen man sich besonders gründlich waschen sollte, waren rot markiert. Eine Waschanleitung! Mama wäre begeistert.

Es war schwierig, die ganze Zeit an Opi Kas vorbeizuschauen. Ich sah seine Schultern und seinen Brustkorb mit der grauen Brustbehaarung.

Er legte sein Handtuch in ein Schrankfach und hängte seine Badehose an den Druckknopf einer Dusche. Unter dem Wasserstrahl seifte er sich ein, mit dem Bauch zur Wand, so dass ich nur seinen Rücken sehen konnte. Der war krumm und weiß und voller brauner Flecken. Leberflecke, nur viel größer. Und ich sah seine verschrumpelten Pobacken und seine dick geäderten Beine. Gleich würde er sich umdrehen und dann würde ich das Allerschlimmste sehen. Einen verschrumpelten Pimmel. Schnell legte ich mein Handtuch in eines der Schrankfächer und hängte meine Badehose an einen Druckknopf. An der Wand zwischen den Duschen waren Seifenspender befestigt. Ich wusch mich viel gründlicher und länger als sonst, weil ich als Letzter fertig werden wollte. Zuerst musste Opi Kas seine Badehose anziehen.

Ich folgte Opi Kas zum Schwimmbecken. Eine Frau mit einer weißen Badekappe schwamm spritzend am Rand entlang. Opi Kas ging gleich weiter zu einer Glastür. Draußen, in der Kälte, befand sich ein Sprudelbad. Ich rannte an Opi Kas vorbei und sprang so schnell wie möglich hinein. Opi Kas machte einen etwas ungelenken Schritt über den Beckenrand, er musste sich konzentrieren. Erst ein Bein, kurze Pause, dann das zweite Bein. Mit einem tiefen Seufzer ließ er sich ins Wasser gleiten.

Im Sprudelbad wirkte er noch älter. Weiße Haut mit braunen Flecken, ein dünner faltiger Hals und ein zerknitterter Kopf mit zwei riesigen Ohren.

Mir war klar, dass ich mich nicht verplappern durfte, doch ich konnte es nicht lassen.

»Bist du fast alle?«, fragte ich.

»Fast alle?«, sagte Opi Kas. »Ich bin weit über neunzig, natürlich bin ich fast alle.« Er rührte mit der Hand durchs Wasser. »Darum seid ihr doch hier. So ist es doch?«

»Mama und Oma«, sagte ich.

»Und du. Und deine Schwester. Müsst ihr nicht zur Schule? Durftet ihr einfach so mit?«

»Nein, nicht einfach so.«

Es war Anfang November und Mama hatte Sonderurlaub beantragt. Wegen dringender Familienangelegenheiten. Linde meinte, wir würden eine Strafe bekommen, weil man für dringende Familienangelegenheiten auf Island nicht freinehmen durfte. Sie schaute zu mir herüber und ich stimmte ihr zu. Aber Mama behauptete, alles sei in Ordnung. Sie hatte von der Schule die Erlaubnis bekommen und mit meinem Vater ein Tauschwochenende ausgemacht. Linde und ich wohnten jedes zweite Wochenende bei meinem Vater und die restliche Zeit bei Mama, aber wir tauschten die Wochenenden so oft, dass wir manchmal nicht mehr wussten, wo wir hinmussten.

Oma hatte sich um alles andere gekümmert, die Flüge und das Hotel in Reykjavik und die Fahrt zum Dorf von Opi Kas.

»Dringende Familienangelegenheiten«, sagte ich zu Opi Kas. Und danach sagte ich nichts mehr. Ich hatte schon zu viel gesagt.

Es hatte wieder zu schneien angefangen und wir tauchten so weit wie möglich unter. Wir lagen bis zum Hals im Wasser. Opi Kas forderte mich auf, auf einen blauen Knopf zu drücken. Das Wasser fing an zu blubbern und zu sprudeln. Die Schneeflocken piksten beißend kalt im Gesicht, aber durch das Blubberbad war mein Körper durch und durch warm.

Nach einer Weile war es nicht mehr auszuhalten. Mir wurde es viel zu heiß und Opi Kas seufzte immer häufiger. Wir kehrten in die Umkleide zurück. Ich zog mich in der Ecke bei den Duschen an.

»Oder wärst du gerne noch geschwommen?«, fragte Opi Kas.

»Nein«, sagte ich.

Nur die Frau mit der weißen Badekappe und ich, das reichte nicht, um Spaß zu haben.

Als ich am Ausgang mein Telefon zurückbekam, sah ich, dass Mama eine Nachricht geschickt hatte.

Wo bist du???

gwd simste ich zurück.

VIER

»Was bedeutet gwd?«, fragte Mama.

»Gleich wieder da«, sagte ich.

»Tust du das bitte nie, nie wieder?«

»Was?«

»Verschwinden und SMS schicken, die ich nicht verstehe.« Sie überlegte kurz, ob es noch mehr zu sagen gab.

»Ich war mit Opi Kas duschen.«

Sie sah mich überrascht an. »Opi Kas hat geduscht?«

»Ja«, sagte Opi Kas. »Irgendwelche Einwände?«

»Nein, nein. Überhaupt nicht.« Mama schob mich in den Flur. »Ich bin froh, dass ihr euch so gut versteht.« Bei der Garderobe sagte sie: »Twan? Noch eine Nacht?«

»Und noch eine und noch eine und noch eine. Das war doch die ganze Zeit dein Plan?«

»Danke schön«, erwiderte Mama. »Wirklich, Twan, danke schön.«

Wir aßen Brot mit Marmelade und Schmierkäse. Draußen schneite es kräftig weiter. Nach dem Mittagessen legte sich Linde ins Mädchenzimmer, um zu lesen. Mama und Oma holten einen Stapel Papiere aus einer Schublade von Opi Kas. Sie bedeckten den ganzen Küchentisch damit. Opi Kas und ich saßen beide in einem braunen Sessel im Wohnzimmer.

»Versicherung?«, fragte Oma.

»Das ist ein Ausweis«, sagte Mama. »Hast du da eine Rechnung liegen?«

»Ja«, sagte Oma. »Aber bekomm ich dann von dir den Ausweis?«

»Die Zimtziegen spielen Quartett«, sagte Opi Kas leise. »Hat zumindest Ähnlichkeit damit.«

»Wer gewinnt?«

»Niemand.«

»Die Quartette stimmen nicht«, sagte ich.

»Ha, das ist gut«, sagte Opi Kas. »Die Quartette stimmen nicht!«, rief er in die Küche. Ich sagte etwas und Opi Kas sagte etwas, und ein klein wenig war es wie Werfen und Fangen.

»Soll ich was vorlesen?«, fragte ich.

»Von mir aus«, sagte Opi Kas.

Ich holte *Das große Survival-Handbuch*, doch ich las nichts vor. Stattdessen erzählte ich von den Dreier-Regeln.

Opi Kas hörte zu.

»Und ohne besonderen Schutz bleibt man drei Stunden am Leben«, sagte ich. »Bei extremem Klima, meine ich. Drei Stunden. Maximum.«

»Oder drei Stunden und ein bisschen«, sagte Opi Kas. »Das kann man nicht genau sagen. Schließlich guckt man dabei nicht auf die Uhr.«

Er hatte Recht. Jemand hatte die Dreier-Regeln entdeckt. Aber wie? Man konnte sich nicht mit einer Uhr in der Hand neben jemanden in der Wildnis stellen und abwarten, bis es schiefging.

»Und auf See sind drei Stunden viel zu lang«, sagte Opi Kas. »Wenn du über Bord gehst, bist du mit einem Schlag verschwunden. In dem kalten Wasser überlebst du nur Minuten.«

Ich wollte so gerne, dass *Das große Survival-Handbuch* stimmte. Ich holte einen Stift, um die Dreier-Regeln zu verbessern. Vor jede der Regeln schrieb ich: *ungefähr.*

»Habt ihr's gemütlich?«, fragte Mama aus der Küche.

»Ja«, antwortete Opi Kas kurz angebunden. »Und ihr?«

»Ach«, sagte Mama.

»Gemütlich ist was anderes«, sagte Oma. »Ein ganz schönes Durcheinander ist das, Papsi. Die Unterlagen sind unvollständig.«

»Der Junge und ich gehen zum Boot«, sagte Opi Kas. »Dann könnt ihr weiter in Ruhe herumschnüffeln.«

»Was für ein Boot?«, fragte Oma.

»Das Heringsboot«, sagte Opi Kas.

Ich hatte keine Ahnung, um welches Boot es jetzt auf einmal ging.

»Aber ich bin noch nicht fertig«, sagte ich.

»Na los, geh ruhig mit Opi Kas mit«, sagte Mama. Als wollte sie mir einen Gefallen tun.

Ich brachte das Buch ins Jungszimmer. Ich wollte heimlich eine neue Dreier-Regel unten auf die Seite schreiben: *Drei Minuten im Wasser. Ungefähr.*

Opi Kas ließ mir keine Chance. »Wir gehen!«, rief er.

Das Boot befand sich nicht draußen, sondern am Rand des Fjords in einem Museum, einer großen Halle mit einem künstlichen Hafen. Ein großer Mann mit grauem Bart hatte uns hineingelassen. Er sprach kurz auf Isländisch mit Opi Kas, gab mir die Hand und verschwand über eine Treppe im obersten Stock.

Opi Kas und ich waren allein. Wir liefen über den künstlichen Kai zu zwei Ruderbooten und einem alten Segelboot. Opi Kas ließ mir Zeit, mich umzusehen, aber nicht zu lang. Dem Segelboot gegenüber lag ein blaues verwittertes Boot, und zu dem wollte er hin. Wir kletterten eine Treppe hinauf und stiegen über die Reling. Opi Kas nahm seine Mütze ab und blieb an Deck stehen.

Es gab ein Steuerhaus, und ich ging hinein, um mir das Steuerrad und die Instrumente mit den Zeigern und eine alte Seekarte anzusehen. Das Boot war echt, so echt wie es nur geht. Ich legte die Hände auf das Steuerrad und blickte durch die Fenster des Steuerhauses nach draußen. Im Museum war nicht viel Licht. Eine Lampe machte einen Leuchtturm nach. Ich stellte mich breitbeinig hin und drehte am Steuerrad. Ein Unwetter mit hohen Wellen und Zombiebergen am Horizont zog herauf.

»Willst du da bleiben?«, rief Opi Kas.

Ich kletterte aus dem Steuerhaus.

Opi Kas zeigte auf einen Flaschenzug und ein Netz, das über dem Boot hing. »Das ist das Schöpfnetz, verstehst du?«

»Ja«, sagte ich. Nicht weil ich ihn verstand, sondern weil wir zusammen an Deck standen. Das Boot war ein Jungszimmer. Ein großartiges Jungszimmer. Wir würden ein Schild an die Museumstür nageln müssen: FÜR ZIMTZIEGEN VERBOTEN.

»Es gibt Schöpfnetze und Fangnetze«, sagte Opi Kas. »Das lief so ab: Wir fuhren mit einem Heringsboot auf See und das Heringsboot wiederum hatte zwei Ruderboote bei sich. Und wenn wir den Hering gefunden hatten …«

»DEN Hering?«

»Ganz viel Hering auf einmal.«

»Was dann?«

»Dann machten wir die Ruderboote los.«

»Musstest du rudern?«

»Natürlich musste ich rudern.« Opi Kas steckte seine Mütze in die Jackentasche. »Die zwei Ruderboote ruderten in entgegengesetzte Richtungen. Ein Boot mit dem einen Ende vom Fangnetz und das andere Boot mit dem anderen Ende.«

»Vom Fangnetz.«

»Ja«, sagte Opi Kas. »Sie ruderten in einem großen Kreis um den Hering herum, bis sie wieder nebeneinanderlagen. In der Nähe des Bootes.« Er bewegte die Hände durch die Luft, um anzuzeigen, wie die zwei Ruderboote voneinander wegfuhren und wieder zueinanderfanden. »Dadurch lag es in einem Kreis um den Hering.«

»Das Fangnetz.«

»Ja, das Fangnetz«, sagte Opi Kas ungeduldig. »Und man konnte das Netz ...«

»Das Fangnetz.«

»Himmel, ja, das Fangnetz. Das konnte man an der Unterseite zuziehen, so dass ein Beutel entstand. Ein großer Beutel voller Hering, und den Beutel musste man vollständig leer schöpfen.«

»Mit dem Schöpfnetz!«, sagte ich.

»So ist es. Und das alles natürlich auf hoher See, mit Wellen und allem, also einfach war das nicht.«

Opi Kas setzte sich auf die Reling und seufzte ein paarmal. So viele Worte auf einmal hatten ihn ermüdet. Er richtete sich auf und ging an der Reling entlang zu einem Verschlag mit einer Holztür. Er winkte mich herbei.

Hinter der Tür führte eine Holztreppe nach unten. Wir stiegen hinunter, ins Bootsinnere. Dort befand sich ein kleiner Raum mit einem Tisch, Holzbänken und einem Herd mit zerbeulten Töpfen und Pfannen. Die Betten waren an der Wand befestigt, übereinandergestapelte Holzkästen. Platz für acht schlafende Fischer.

Opi Kas setzte sich auf eine der Bänke und ich entschied mich für einen Sitzplatz ihm gegenüber.

»Hier können wir uns in Ruhe unterhalten«, sagte er.

»Worüber?«, fragte ich.

»Über das, was sie vorhaben.«

»Wer?«

»Die Zimtziegen.«

Ich wollte nichts sagen, ich nickte bloß.

»Sie kommen, um mich zu holen«, sagte Opi Kas. »Aber ich habe andere Pläne.«

Ich nickte noch einmal.

»Damit du das weißt.«

»Ja«, sagte ich.

Opi Kas beugte sich über den Tisch nach vorn. »Und kein Sterbenswörtchen zu ...«

»Oma und Mama«, sagte ich schnell.

»Ich entscheide selbst, wann ich irgendwo hingehe«, sagte Opi Kas. »Und wo ich hingehe, beschließe ich auch selbst. Ich war schon immer so. Von Kindesbeinen an.«

Opi Kas war so alt, dass ich ihn im Kopf nicht jünger machen konnte. Ich stellte mir Opi Kas als Fischer vor und sah einen alten Mann in einem blauen Pullover. Ich stellte mir Opi Kas als kleinen Jungen vor und sah einen alten Mann in kurzer Hose. Ich stellte mir Opi Kas als Baby vor und sah einen alten Mann mit Schnuller.

»Ich erzähle dir das alles, weil ich Hilfe brauche«, sagte Opi Kas. »Ein bisschen Hilfe, mehr nicht.«

»Was soll ich machen?«

»Das kommt schon noch«, sagte Opi Kas.

Auf dem Rückweg mussten wir durch einen heftigen Schneeschauer. Kinder liefen auf der Straße; möglicherweise war die Schule gerade aus.

»Hai«, sagte ein Mädchen mit einem dicken gestreiften Schal um den Hals.

»Haihai«, sagte Opi Kas.

Auf dem kleinen Platz vor dem gelben Haus lag so viel Schnee, dass wir bei jedem Schritt einsanken. Der Zombieberg lag heimtückisch hinter einem Flockenvorhang auf der Lauer.

Bei der Eingangstür sah mich Opi Kas unter seiner Mütze hervor an. »Nur du und ich«, sagte er. »Außer uns beiden braucht keine Menschenseele etwas zu erfahren.«

Oma und Mama saßen noch immer am Tisch.

»Papsi«, sagte Oma, als sie Opi Kas erblickte. »Warum nur hast du so ein Chaos angerichtet!«

»Das ist mein Chaos«, sagte Opi Kas.

»Aber jetzt ist es unseres«, sagte Oma.

»Wir versuchen zu helfen«, sagte Mama.

»Hab ich euch darum gebeten?« Opi Kas verließ die Küche. Ich hörte, wie die Tür des Jungszimmers zuschlug.

»Also hör mal«, sagte Oma.

»Ach, lass ihn«, sagte Mama.

»Er hat sich noch nie um die Meinung anderer Leute geschert«, sagte Oma. »Noch nie!«

»Opi Kas kann das nicht leiden«, sagte ich.

»Meinst du uns damit?«, fragte Mama.

»Also hör mal«, sagte Oma zum wiederholten Mal.

»Svanna hat uns erzählt, wie es war, bevor sie sich um ihn gekümmert hat«, sagte Mama zu mir. »Da ging es Opi Kas ziemlich schlecht. Er hat nicht gekocht, seine Tabletten nicht genommen, nicht sauber gemacht …«

»Und er ist mit dem Auto durchs Dorf gefahren«, sagte Oma. »Und hopp, den Bergweg hinauf. Und das mit seinen Augen.«

»Was ist denn mit seinen Augen?«

»Die sind schlecht«, sagte Oma. »Papsi ist eine Gefahr für den Straßenverkehr, stattdessen behauptet er steif und fest, er würde noch genug sehen.«

»Vielleicht hat er Recht.«

»Nein«, sagte Oma. »Wir haben Recht.«

»Manchmal wissen die anderen, was am besten für einen ist«, sagte Mama.

»Genau. Sobald die Papiere komplett sind, kommt Opi Kas mit uns mit.« Sie streichelte mir über den Kopf. »Und prima, wie gut du mithilfst. Dass du mit ihm losziehst und so.«

Ich tauchte unter ihrer Hand weg.

Mama fand das lustig. Sie fing an zu singen.

»Wer will fleißige Handwerker seh'n,
der muss zu uns Kindern geh'n.«

»Aufhören!«

»Stein auf Stein, Stein auf Stein …«

»Mam!«

»Das Häuschen wird bald fertig sein.«

Mama liebte Spott-Singen. Früher liefen wir hinter ihr her, wenn sie das machte, und riefen die ganze Zeit über »Nein«, und wenn wir sie dann zu fassen bekamen, hieß es: aufhören oder Kitzeltod. Jetzt stellten wir uns meistens taub. Aber allein, ohne Linde, war ich nicht taub genug.

Oma fiel in Mamas Gesang ein.

»Wer will fleißige Handwerker seh'n,
der muss zu uns Kindern geh'n.«

»Zimtziegen!«

»Was sagst du da?«, fragte Mama.

»Nichts.«

Ich ging ins Jungszimmer und schlug die Tür zu.

FÜNF

Opi Kas und ich saßen zusammen mit dem *Großen Survival-Handbuch* auf dem braunen Schlafsofa. Ich hatte die Laken und die Bettdecke zur Seite geschoben, da ich nicht wollte, dass Opi Kas sich auf meine Schlafsachen setzte.

»Was steht hier?«, fragte Opi Kas.

»Wie kann man testen, ob eine Pflanze essbar ist«, sagte ich.

»Und?«

»Zuerst muss man sich mit einem Stückchen der Pflanze über die Haut reiben, und wenn es nach vier Minuten nicht juckt oder brennt, legt man ein Stückchen zwischen Zähne und Unterlippe. Und wenn man davon nicht krank wird, kann nichts passieren.«

»Und wenn man doch krank wird?«

»Dann hat man Pech gehabt.«

Opi Kas legte die Hand auf das Buch. Er hatte krumme Finger und gelbe Nägel, die dringend geschnitten werden mussten. »Da sitzen wir also«, sagte er. »Wir zwei haben uns schön vertreiben lassen. Aber ich geh nicht zurück in die Küche.«

»Ich auch nicht.«

»Sie glauben, dass sie hier das Sagen haben.«

»Und diese Singerei«, sagte ich, »das ist nicht normal.«

»Ich lasse mich nicht herumkommandieren.« Opi Kas rutschte etwas näher heran. Er sah mich durchdringend an, die grauen Augenbrauen bewegten sich dabei hoch und wieder runter. »Ein Mensch muss seinen eigenen Gang gehen können. Ist doch so?«

»Ja«, sagte ich.

»Siehst du? Wir verstehen uns.« Er fummelte an der Ecke einer Seite herum. »Gar nicht erst in der Nähe sein, das wäre das Beste. Man sollte weggehen.«

»Ins Schwimmbad«, sagte ich.

»Weiter weg.«

»Zum Boot?«

»Weiter weg.«

»Keine Ahnung, was du meinst.«

»In die Berge«, sagte Opi Kas.

»Das ist weit weg«, sagte ich. »Aber das geht nicht, du darfst doch kein Auto fahren.«

»Laufen«, erwiderte Opi Kas. »Nicht fahren, Junge, laufen.«

Ich lachte. »Ja, klar.«

»Das ist der Plan«, sagte Opi Kas. »In die Berge.«

»Mit Wattebäuschen und Vaseline«, sagte ich. »Und den Dreier-Regeln.«

»Das ist kein Witz«, sagte Opi Kas.

»Mit den Dreier-Regeln, aber dann ungefähr!«

»Ich mein's ernst«, sagte Opi Kas.

»Nicht wahr«, sagte ich.

Opi Kas schwieg einen Moment.

»Wirklich?«, fragte ich, und noch während ich fragte, wusste ich die Antwort. Opi Kas war es ernst. »Aber das darfst du nicht.« Ich zögerte einen Augenblick, ich wollte nicht oberlehrerhaft klingen. »In den Bergen ist es viel zu gefährlich. Du bist fast alle!«

»Fast alle«, sagte Opi Kas. »So ist es. Ich bin alt und dann gewöhnt man sich an die Vorstellung, weißt du. Fast alle, mir ist's recht. Aber das geht niemanden etwas an …«

Ich wollte das Buch zuschlagen und aufstehen, doch Opi Kas hielt mich am Arm fest.

»Hast du mich gehört?«

»Ja«, sagte ich.

»Wenn ich mit euch komme, ist es vorbei. Dann hocke ich eine Zeit lang in so einer Verwahranstalt für alte Menschen herum und danach in einem Krankenhaus, wo sie mich mit Tabletten und Schläuchen und dem ganzen Kram vollstopfen.«

Ich stellte mir Opi Kas in einem Krankenhausbett vor und ich stellte ihn mir in den Bergen vor. Ich erschrak.

»Ist es meine Schuld?«, fragte ich.

Opi Kas verstand nicht, was ich meinte.

»Weil ich dir aus dem Survivalbuch vorgelesen habe?«

»Natürlich nicht«, sagte Opi Kas. »Wer glaubt, was in Büchern steht, ist nicht ganz bei Trost. Merk dir das.«

Jemand klopfte an die Tür. »Der Fisch steht auf dem Tisch«, sagte Mama. »Esst ihr mit oder seid ihr noch eingeschnappt?«

Opi Kas ließ meinen Arm los.

Wir aßen die Plokkfiskur-Reste. Mama hatte Fisch dazugetan und alles mit Käse belegt und überbacken. Trotzdem war es nichts geworden. Das Essen war matschig und schmeckte fad. Opi Kas schmatzte besonders laut und sein linkes Auge tränte so sehr, dass er es nach jedem Bissen trocken wischen musste. Ab in die Berge mit allen Opis dieser Welt, dachte ich. Dort würden sie sich gegenseitig verrückt machen können mit ihrer Schmatzerei und ihren tränenden Augen. Doch dann sah ich vor mir, wie Opi Kas wanderte. Auf einem Pfad zum Gipfel des Zombiebergs. Wankend, mit einer Wollmütze auf dem Kopf.

»Schmatzen geht schon in Ordnung«, sagte ich.

»Wer schmatzt denn hier?«, fragte Opi Kas.

Linde und ich mussten den Tisch abräumen. Linde stapelte das Geschirr aufeinander; sie zerquetschte die Essensreste zwischen den einzelnen Tellern.

»Ich hasse Fisch«, sagte sie.

»Wir haben andere Sorgen«, sagte Oma. »Also bitte keine überflüssigen Bemerkungen.«

Linde stellte den Tellerstapel auf die Anrichte.

»Kommst du mit raus?«, fragte ich.

Sie versuchte gleichgültig zu gucken, aber ein Mundwinkel zuckte bereits, und auch der andere bewegte sich kurz darauf nach oben.

Wir standen auf dem kleinen Platz vor dem Haus. Es schneite und meine Turnschuhe waren noch nicht wieder trocken. Ich hatte noch nie so oft hintereinander Eisfüße.

»Es gibt hier Zombieberge«, sagte ich.

»Alles ist hier voller Zombieberge«, sagte Linde. »Wir sind umzingelt.«

Ich wollte etwas antworten, aber Linde warf mir eine Handvoll Schnee ins Gesicht. Ich ließ mich einseifen, bis meine Haut prickelte.

»Du warst den ganzen Tag weg«, sagte Linde. »Ich hab mich zu Tode gelangweilt.«

»Ich durfte ja nicht ins Mädchenzimmer.«

»Ich durfte nicht mit, das ist viel schlimmer. Du hast ganz viele tolle Sachen unternommen mit Opi Kas.«

Ich zuckte mit den Schultern. Ich konnte nicht richtig erklären, warum, aber alles, was mit Opi Kas zu tun hatte, war toll und gleichzeitig gar nicht toll.

Wir spazierten durch die Dunkelheit, über die freie Fläche und um die Ecke. Das rostige Geräusch des Schneeräumers kam immer näher. In einer Seitenstraße flackerte orangefarbenes Licht. Eine Schneeräummaschine kam angefahren, ein Traktor mit einer Schneeschaufel, die sich knirschend über den Boden schob. Ein Mann saß hinter dem Steuer und hob die Hand.

Linde winkte.

Ich konnte nicht lange stehen bleiben. Meine Füße fingen an zu gefrieren; noch ein paar Minuten und ich würde sie bei Linde unter die Achseln stecken müssen. Was mich betraf, zählte sie nicht mehr zu den Zimtziegen. Man steckt seine Füße nicht gerne unter die Achseln einer Zimtziege. Und da war noch etwas, wofür ich Linde brauchte. Opi Kas war zu viel für mich alleine.

»Ich muss dir etwas erzählen«, sagte ich.

Linde hörte zu. Zuerst glaubte sie mir nicht. Danach wollte sie alles Mama erzählen.

»Das wirst du nicht«, sagte ich. »Das ist ein Geheimnis.«

Wir wanderten eine Weile durch den Schnee.

»Außerdem brauchst du Mama nichts zu verraten, weil ich Opi Kas davon abhalten werde. Ich werde auf ihn aufpassen.«

»Du?«

»Und du.«

Das sollte doch kein Problem sein: aufpassen und gleichzeitig seine Regelblutung haben. Oder konnten Mädchen auf einmal ganz stark bluten? Im *Großen Survival-Handbuch* stand zwar etwas über das Stillen von Blut, doch dabei ging es um Verletzungen in der Wildnis, und das bei Linde war was anderes.

»Tut dein Bauch noch weh?«, fragte ich sicherheitshalber. »Hast du noch …?«

Linde gab mir einen Stoß.

Sie lief ein Stück vor. Ich konnte sie nicht einholen, meine Zehen taten zu weh.

»Wirst du es verraten?«, schrie ich.

»Vielleicht!«, schrie sie zurück.

Vielleicht hieß Nein.

Als ich nach Hause kam, waren meine Füße und meine Finger so kalt, dass Linde mir die Schuhe ausziehen musste. Mama war sauer. Sie drückte mich in einen der braunen Sessel und wickelte eine Decke um meine Füße.

»Hatte ich dir nicht gesagt, du sollst Extraschuhe mitnehmen?«, sagte sie. »Und Handschuhe und eine Mütze? Muss ich denn an alles denken?«

Sie holte mein Buch aus dem Jungszimmer. Ich sollte sitzen bleiben.

Opi Kas hatte seine karierte Schlafanzughose und sein weißes Hemd an. Er wollte ins Bett, aber Mama und Oma wollten, dass er noch kurz blieb.

»Wo ist dein Ausweis?«, fragte Mama.

»Irgendwo«, sagte Opi Kas.

»Irgendwo. Irgendwo. Das hilft uns nicht weiter«, sagte Oma.

Linde setzte sich zu mir auf die Armlehne meines Sessels. Ich zeigte ihr die Dreier-Regeln. Danach blätterte ich weiter zum Kapitel »Kältegebiete«.

»Das sollte Opi Kas lesen«, flüsterte Linde.

»Eben nicht«, flüsterte ich zurück.

»Doch, für den Fall der Fälle.«

»Opi Kas kann nicht lesen. Seine Augen sind zu schlecht.«

»Hört auf zu flüstern«, sagte Oma.

»Müde ist die Eisenbahn«, sang Mama. *»Und sie kann heut nur noch flüstern, bläst den Dampf durch ihre Nüstern.«*

Linde hielt sich die Ohren zu.

»Weil sie nicht mehr ziehen kann …«

Opi Kas lehnte sich in den Türrahmen. »Was du kannst, kann ich auch«, sagte er zu Mama. Er fing an zu singen, mitten in das Flüsterlied hinein.

»Ein Mops kam in die Küche
Und stahl dem Koch ein Ei
Da nahm der Koch den Löffel
Und schlug den Mops entzwei.«

Er sang falsch und ein wenig heiser.

»Da kamen alle Hunde
Und gruben ihm ein Grab
Sie setzten einen Grabstein

Darauf geschrieben ward:

Ein Mops kam in die Küche

Und stahl dem Koch ein Ei.«

Linde kapierte es schneller als ich:

»*Da nahm der Koch den Löffel*

Und schlug den Mops entzwei«, fiel sie ein.

»*Da kamen alle Hunde*

Und gruben ihm ein Grab

Sie setzten einen Grabstein

Darauf geschrieben ward …«

»Ja, jetzt reicht's«, sagte Mama.

Ich stimmte auch mit ein.

»*Ein Mops kam in die Küche*

Und stahl dem Koch ein Ei

Da nahm der Koch den Löffel …«

»Wir haben es verstanden«, sagte Oma.

»*Und schlug den Mops entzwei.*

Da kamen alle Hunde

Und gruben ihm ein Grab.

Sie setzten einen Grabstein

Darauf geschrieben ward.«

»Aufhören jetzt!«, rief Mama.

Doch wir kamen gerade erst richtig in Schwung.

»Ein Mops kam in die Küche …«

Oma guckte inzwischen wütend. Als wir immer noch nicht ans Aufhören dachten, verließ Mama das Zimmer. Nach drei weiteren Strophen folgte Oma ihr.

»Das wird ihnen eine Lehre sein«, sagte Opi Kas. Er holte ein wenig schwerfällig Atem, als müsse er sich von einem Hundertmeterlauf erholen.

SECHS

Am nächsten Morgen musste ich mit Mama neue Schuhe für mich kaufen. Oma wollte zum Supermarkt.

»Ich bleibe bei Opi Kas«, sagte Linde.

Opi Kas schaute überrascht.

»Großartig, wie gut ihr mithelft«, sagte Mama. »Das hätte ich nicht gedacht.«

Das Gelände vorm Haus war von einer dicken Schneeschicht bedeckt. Wir mussten uns erst einen Weg bahnen. Ich schippte den Schnee beiseite, danach wünschte ich mir so sehr warme Füße, dass mir alles recht war.

Auf den Gehwegen im Dorf lagen große Schneehaufen. Die Straßen waren spiegelglatt. Mama und Oma bewegten sich langsam und vorsichtig vorwärts.

»Nur Mut«, sagte Mama zu Oma. »Wenn du Angst hast, rutschst du erst recht schnell aus.«

»Pass du mal auf dich selbst auf«, sagte Oma.

An der Ecke befand sich ein Bekleidungsgeschäft, das auch Schuhe verkaufte. Ich brauchte nur ein Paar anzuprobieren, mehr gab es nicht in meiner Größe. Halbhohe Lederschuhe mit Teddyfutter und Schnürsenkeln, die um Haken gewickelt werden mussten. Mama entdeckte an der Kasse einen Karton voller Antirutschsohlen für Straßenschuhe. Sie kaufte für jeden ein Paar, auch für Opi Kas.

Oma wühlte in einem Korb mit Strickmützen und Fausthandschuhen.

Ich ging in meinen Teddyschuhen mit Antirutschsohlen zum Supermarkt. Ich hatte neue braune Fausthandschuhe an und eine neue Mütze mit grauen und braunen Figuren darauf. Oma und Mama folgten mir auf ihren Antirutschsohlen. Mama hatte eine neue graue Mütze und Oma eine neue weiße. Sie hatten auch eine Mütze für Linde gekauft. Und eine für Opi Kas, sonst wäre es ungerecht.

»Hier wird alles aus Schafwolle gemacht«, sagte Mama. »Die hält viel besser warm als die Kunstfasern, die man bei uns überall bekommt.«

»Aber das kostet ein Vermögen«, sagte Oma. »Eigentlich müssen wir sparsam sein.«

»Wir sollten die Reise auch ein bisschen genießen«, sagte Mama. »Und uns selbst ab und zu verwöhnen.«

Wir kauften Brot, Schokocreme, Hamburger und Salat.

Als wir mit den Einkäufen nach Hause kamen, saß Linde mit Opi Kas am Küchentisch. Sie schnitt ihm die Fingernägel mit Mamas kleiner Schere. Auf dem Tisch lagen gelbe Nagelreste.

»Fertig«, sagte Linde. Sie strich über Opi Kas' Hände. »Darf Twan den Ärmelfraß sehen?«

Opi Kas rollte einen Ärmel hoch.

»Sieh mal«, sagte Linde.

Um Opi Kas' Handgelenk lief eine Narbe, Vertiefungen und Flecken bildeten ein regelrechtes Armband. Im Sprudelbad hatte ich nicht richtig hingeschaut. Ich hatte so viele Unebenheiten und Flecken wie möglich übersehen.

»Ärmelfraß kriegt man von Öljacken«, sagte Opi Kas. »Die Ärmel scheuern auf der Haut und dann eitert das. Wenn es ganz schlimm kam, musste man die Stelle mit einem Messer aufstechen. Das ganze Zeugs musste raus.«

»Eklig, nicht wahr?«, sagte Linde ziemlich fröhlich.

»Damals saß ich noch im Kabeljau«, sagte Opi Kas. »Das war noch vorm Hering.«

»Und wenn man eine Schnittwunde in der Hand hatte«, sagte Linde, »kochte man Nadel und Faden in einem Topf aus, und damit nähten sie einen dann zusammen. Ohne Betäubung!«

»So war das«, sagte Opi Kas. »Wenn man etwas lernte, dann war es das: sich selbst zu helfen.«

»Und weißt du, was gegen rissige Hände half?«, fragte Linde.

»Na, da bin ich aber gespannt«, sagte Oma.

»Möwenfett!«

»Über die Hände pinkeln half auch«, sagte Opi Kas. »Aber das war ziemlich schwierig bei dem Wind.«

Ich hatte Linde eine Stunde lang mit Opi Kas alleine gelassen. Sie hatte zahllose unappetitliche Tipps gesammelt, von denen sie uns jetzt erzählte.

Opi Kas' Haus war klein. Wenn jemand etwas sagte, musste man zuhören, ob man wollte oder nicht.

Und wenn man jemandem etwas sagen wollte, ohne dass ein anderer es hören konnte, musste man flüstern oder nach draußen gehen.

Linde und ich stellten uns an die Hausseite, ein wenig außer Sichtweite. Der Schnee war an die Hauswand geweht und vom Dachrand ragten Eiszapfen herunter. Unsere Füße sanken tief ein, aber meine Schuhe hielten das aus.

»Wir werden Opi Kas vorlesen«, sagte Linde. »Jeden Tag ein kleines Stück, für den Notfall. Das ist dann so was wie ein Sturzhelm. Den muss man auch immer aufsetzen, aber meistens braucht man ihn gar nicht. Erst wenn man stürzt, bei einem plötzlichen Unfall, hat man was davon.«

Ich musste lachen, denn jetzt sah ich Opi Kas auf einem Moped vor mir, wie er mit einem Sturzhelm über seiner Mütze den Zombieberg hinauftuckerte.

»Wir bringen Opi Kas alles über Survival bei, für den Fall der Fälle«, sagte Linde. Sie wartete kurz und sah mich an, um zu unterstreichen, wie großartig ihre Idee war. »Und solange wir ihm vorlesen, kann er nicht weg.«

»Weil er zuhören muss.«

»Weil wir ihn beschäftigen.«

»Vielleicht sollten wir ihm die gruseligsten Stellen vorlesen«, sagte ich. »Darüber, was alles schiefgehen kann.«

Linde, Mama und Oma gingen zum Duschen zu Svanna.

»Opi Kas und ich bleiben hier«, sagte ich.

»Na gut«, sagte Mama. »Aber morgen kommt ihr mit.«

Es gab nicht viel aufzupassen oder vorzulesen, denn Opi Kas setzte sich in einen der braunen Sessel und fing kurze Zeit später an zu schnarchen.

Es gab eine Urlaubsregel bei Mama: Geräte mit Steckern und Akkus blieben zu Hause, unsere Telefone und ihre elektrische Zahnbürste ausgenommen. Aber das hier war kein richtiger Urlaub, und das hätte sie wissen können. Ich fing an mich zu langweilen. Ich hatte keine Lust, allein zu lesen, und Opi Kas hatte kein einziges Gerät mit Akku und so gut wie keins mit Stecker. Bloß einen Wasserkocher und ein Radio.

Auf dem Küchentisch lag ein Schreibblock. Ich trennte ein Blatt ab und zeichnete mit Mamas Kugelschreiber etwas. Weil mir selbst nichts einfiel, zeichnete ich ein Bild aus dem *Großen Survival-Handbuch* ab. Es handelte sich um einen Laufgrabenunterstand in einem Kältegebiet. Eine Rinne mit einem Dach aus Zweigen und Schnee. Als ich damit fertig war, war ich überzeugt, dass niemand erkennen konnte, was das sein sollte. Ich zeichnete noch etwas ab. Im Buch gab es eine Abbildung von einem Quinzhee, einer in einem Schneehaufen ausgegrabenen Höhle. Ich zeichnete das Bild ab, und weil niemand, wirklich niemand erkennen konnte, dass es sich um eine Höhle in einem Schneehaufen handelte, schrieb ich dazu: Das ist ein Quinzhee. Aber auch das half nicht wirklich, da niemand, wirklich niemand wusste, was ein Quinzhee war.

Ich legte die Zeichnungen hinten ins Buch und setzte mich an den Küchentisch und wartete.

Linde, Mama und Oma kamen zurück. Sie rochen nach Shampoo und Blumenseife. Ich zog meinen Pulloverkragen ein Stück nach vorn und roch heimlich an mir selbst. Fisch, Boot und ein bisschen Schweiß.

Nach dem Mittagessen gingen wir ins Museum. Zu dritt, Opi Kas war einverstanden, dass Linde mitkam. Es dauerte eine Weile, bis wir zur Tür hinaus waren, da Opi Kas keine Antirutschsohlen unter seine Schuhe wollte. Mama sagte, es müsse sein. Opi Kas behauptete, noch nie ausgerutscht zu sein, solange er hier wohne, es käme nur auf die richtige Lauftechnik an. Oma befestigte die Antirutschsohlen unter Opi Kas' Schuhen und sagte, dass sie kein Genörgel mehr wolle. Linde sagte, dass ihre neue Mütze juckte. Und Mama sagte, dass alle auf der Stelle aufhören sollten, Probleme zu machen, da wir schon genug Probleme hätten.

Ich steckte *Das Große Survival-Handbuch* in eine Plastiktüte. Draußen atmete ich tief durch. Es war beengt in Opi Kas' Haus. Wir passten alle gerade so hinein, aber nur, wenn wir nichts sagten. Nur wenn wir unsere Gedanken zusammengeknüllt in einer Ecke unseres eigenen Kopfes bewahrten. Oma und Mama dachten fast immer laut. Sie dachten und sahen sich um, um sich zu vergewissern, ob wir das auch merkten. Und wenn wir es nicht merkten, erzählten sie uns, was sie gerade eben gedacht hatten. Opi Kas konnte das auch ganz gut. Drinnen ging es zu wie in einem Comic mit Denkblasen und Sprechblasen, aber einem, in dem sich immer mehr Denk- und Sprechblasen anhäuften, ohne dass die vorherigen verschwanden.

Ich gewöhnte mich langsam an die Berge, die Zombieberge, die manchmal weit weg waren und dann wieder nah dran. Die Sonne stand bereits tief und der Schnee auf den Bergen auf der anderen Seite des Fjords glühte rosa. Auf dem Schnee vorm Haus hatte sich eine Kruste gebildet. Auf dem Pfad selbst passierte einem nichts, kam man aber davon ab, stand man einen kurzen Moment auf dem Schnee, bevor er mit einem Kracks nachgab. Opi Kas nahm den ausgetretenen Pfad. Linde und ich gingen Schritt Kracks, Schritt Kracks, Schritt Kracks hinüber.

Der Mann mit dem grauen Bart öffnete die Tür der Museumshalle, machte das Licht an und verschwand wieder.

»Er hat dort ein Zimmer voll mit ausgestopften Fischen«, sagte ich. »Und Buddelschiffe.«

»Du hast zu viel Fantasie«, sagte Opi Kas. »Hab ich dir nicht gesagt, dass du damit aufpassen musst?«

Linde schlenderte über den künstlichen Kai. Sie entdeckte ein Stück weiter Fotos an der Wand. Ein Boot randvoll mit Hering. Ein richtiger Kai voller Tonnen und Menschen.

»Hui«, sagte sie. »Hier war ja früher was los.«

»Es wimmelte nur so«, sagte ich.

»Überall«, sagte Opi Kas. »Die Heringsboote waren manchmal so voll, dass sie kurz vorm Sinken waren. Und die Heringsmädchen arbeiteten Tag und Nacht.«

Ich zeigte auf die Tonnen, die auf den Fotos zu sehen waren. »Da kam der Hering rein.«

»Er musste geputzt und gesalzen werden«, sagte Opi Kas.

»Geputzt?«, fragte Linde.

»Kopf ab, Eingeweide raus.«

»Igittigitt«, sagte Linde, und das verstand ich nicht. Warum machten ihr Ärmelfraß und Nagelreste nichts aus, wohl aber die Eingeweide eines Herings?

»Wo sind die Boote jetzt?«, fragte Linde. »Die ganzen anderen meine ich, nicht die Boote hier.«

»Der Hering verschwand«, sagte Opi Kas. »Frag mich nicht, warum. Und danach verschwanden die Heringsboote und die Heringsfischer und die Heringsmädchen.«

»Ich glaube ja, dass ein Hering entkommen konnte und die anderen gewarnt hat«, sagte Linde. »Wenn du ein Boot siehst, dann aber Tempo in die entgegengesetzte Richtung!«

»Was ist das nur mit euch?«, sagte Opi Kas. »Wie kommt ihr nur auf diese seltsamen Ideen?«

Unten im blauen Boot holte ich *Das Große Survival-Handbuch* hervor. Ich setzte mich hin, die Buchunterseite ruhte auf dem Tisch. Ich hoffte, dass das erlaubt war, denn das war ja ein Museumstisch mit Museumssachen darauf: ein eingedellter Metallbehälter mit Gabeln und Löffeln, ein Teller und zwei Becher. Angeblich von den Fischern. Der Tisch hatte einen erhabenen Rand, wodurch nichts herunterrutschen konnte, wenn das Boot sozusagen auf den Wellen schaukelte.

»Wir werden dir ein Stück vorlesen«, sagte Linde.

»Wofür soll das gut sein?«, fragte Opi Kas.

»Einfach so«, sagte Linde.

Opi Kas nickte. »So, so.«

Ich wusste, dass er sich nicht hereinlegen ließ.

»Linde weiß alles«, sagte ich.

»Dann weiß sie mehr als ich«, sagte Opi Kas.

»In die Berge«, sagte Linde.

Opi Kas hielt seine Mütze zwischen den Händen. Die neue Mütze, die er von Oma und Mama bekommen hatte. Er zupfte an der Wolle herum. »Ja richtig.«

»Aber sonst weiß niemand was davon«, sagte Linde.

»Keine Menschenseele«, sagte ich.

Linde gab mir einen Stoß.

»Wir fangen mit den Dreier-Regeln an. Nur um zu kontrollieren, ob du die noch kennst.«

»Was ist das jetzt wieder für ein Unsinn?«, fragte Opi Kas.

»Das ist zur Sicherheit«, sagte Linde. »Damit du später weißt, was du tun musst.«

»Ich weiß, was ich zu tun habe«, sagte Opi Kas. »Ich kenne die Berge hier wie meine Westentasche!«

»Fischer fahren zur See«, sagte Linde. »Fischer kennen die See wie ihre Westentasche.«

»Vergiss es«, sagte Opi Kas. »Niemand kennt die See wie seine Westentasche.«

»Es ist ganz einfach«, sagte Linde, »wir werden Mama oder Oma nichts verraten, wenn du auf uns hörst. Und es ist uns wichtig, dass du dir alles gut merkst.«

Ich las die Dreier-Regeln vor und Opi Kas tat so, als höre er zu. Ich blätterte zum Kapitel »Kältegebiete« vor. Für mich lag Opi Kas' Haus inmitten eines furchtbaren Kältegebiets.

Rechts auf der Seite gab es eine Liste, die hieß Empfohlen. Links davon eine Liste Nicht-Empfohlen. »Nicht empfohlen« klang ein wenig zu belehrend, darum fing ich rechts an.

»Bedecke Mund und Nase. Kontrolliere regelmäßig, ob du eingefrorene Gliedmaßen hast.« Ich musste kurz nachdenken. Was sollte Opi Kas tun, wenn er gefrorene Gliedmaßen hatte? Dann war weit und breit keine Achsel zum Aufwärmen da.

»Können wir nicht mitkommen?«, fragte ich.

»Besser nicht«, sagte Opi Kas.

»Dann musst du besonders gut zuhören«, sagte Linde. »Wir werden dir das ganze Buch vorlesen, wir wollen nämlich, dass du sicher wieder zurückkommst.«

Das ganze Buch, dazu würden wir Opi Kas niemals kriegen. Die Hälfte des Buches handelte von tropischen Regenwäldern und Wüsten.

»Mach ein Lagerfeuer«, las ich. »Schmelze ausreichend Schnee, denn auch in kaltem Klima ist trinken lebenswichtig.«

»Ich komme nicht zurück«, sagte Opi Kas.

Die Empfohlen-Liste war noch viel länger, aber ich hielt den Mund.

»Hä?«, machte Linde.

»Ich komme nicht zurück.«

»Warum nicht?«, fragte Linde.

»Ich bin wirklich fast alle«, sagte Opi Kas. »Und das ist die beste Lösung. Dem Arzt zufolge bleiben mir noch ungefähr ein paar Monate. Wie viele Monate genau, wollte ich von ihm wissen. Aber das konnte mir der Dummkopf nicht sagen! Nur ungefähr. Ein paar Monate ungefähr. Jemandem, der weit über neunzig ist, zu sagen, dass er noch ungefähr ein paar Monate hat – das ist keine Kunst. Also wirklich. Muss man dafür jahrelang studieren?«

»Bist du denn krank?«, fragte Linde.

»Ja, ziemlich«, sagte Opi Kas. »Aber wir alle wissen, dass der Sensenmann irgendwann auf der Lauer liegt. Und in meinem Alter ist man einfach an der Reihe. Ist doch so, oder nicht?«

Linde zuckte mit den Schultern. Ich sah, dass sie traurig wurde.

»Ach«, sagte Opi Kas. »So schlimm ist das nicht.«

»Und ob das schlimm ist!«, sagte ich.

Ich wusste, warum Linde traurig wurde. Nicht weil Opi Kas vom Sterben sprach, sondern weil er so tat, als sei es die normalste Sache der Welt. Opi Kas machte es immer schlimmer. Erst wollte er in die Berge, jetzt wollte er für immer in die Berge. Und immer dauerte angeblich nur ganz kurz. Und das erzählte er uns!

Opi Kas seufzte. »Versteht mich richtig – es macht keinen Unterschied, ob ich mit euch komme oder ob ich in die Berge gehe. So oder so dauert es nicht mehr lang. Und ein alter Mann wie ich im Krankenhaus, das bedeutet nur Elend … darauf läuft es nämlich hinaus, wenn ich mitkomme. Ein Krankenhaus mit Schläuchen und Apparaten und Ärzten, die mich so lang wie möglich am Leben halten wollen. Und wofür das Ganze? Für nichts, ich sterbe ja doch. Ich habe so lange gelebt, Kinder. Lasst mich doch einfach auf meine eigene Art …«

»Ich verstehe nur nicht, warum«, sagte Linde. »Wenn du stattdessen bei Oma und Mama sein kannst. Und bei Twan. Und bei mir.«

»Ich bin, wie ich bin«, sagte Opi Kas. »Kann ich etwas dafür? Damals, zu Hause mit Familie … ich konnte das nicht gut, lasst es mich mal so sagen. Immer Hummeln im Hintern. Immer unterwegs. Ich saß im Kabeljau und im Hering, überall quatschte ich mich rein. Das konnte ich gut. Arbeit finden und in Lohn und Brot bleiben. Ich reiste hin und her. Manchmal blieb ich eine Weile irgendwo hängen. Aber ich versoff das Geld nicht, ich schickte es Mamsi.«

»Wer ist Mamsi?«, fragte ich.

»Mamsi, Gott hab sie selig«, sagte Opi Kas. »Eure Uroma. Aber eigentlich fing der ganze Ärger schon mit Inga Unnur Finnsdottir an.«

»Und wer ist das jetzt wieder?«, fragte Linde.

»Das ist eine lange Geschichte«, sagte Opi Kas.

Ich klappte das Buch zu.

SIEBEN

»Ich kam zum ersten Mal hierher«, sagte Opi Kas. »In der Heringszeit, logischerweise. Die Heringsmädchen arbeiteten im Freien, auf dem Kai. Dort standen lange Holztröge. Fischerjungen wie ich holten den Hering aus dem Meer. Wir kümmerten uns darum, dass genug Fisch in den Behältern war. Die Heringsmädchen brauchten uns, so war das. Ohne uns gab es nichts zu putzen und zu salzen. Die Heringsmädchen nahmen sich einen Hering nach dem anderen aus dem Holztrog. Das klingt jetzt nicht so interessant, ist aber wichtig für den Rest der Geschichte.«

Opi Kas wischte sich mit seinem Ärmel über das eine Auge.

»Das schönste Heringsmädchen, und jetzt kommt's, war Inga Unnur Finnsdottir. Ein Wunder, dass ich ihren Namen noch weiß, denn das ist unendlich lange her. Anfangs war ein einziger Junge hinter Inga Unnur her, dann waren es zwei, dann drei, und zum Schluss waren es alle. Aber wir blieben nie lange genug an Land, um etwas mit ihr anzufangen. Es gab andere Mädchen, die …« Opi Kas beendete seinen Satz nicht. »Das geht euch nichts an, glaube ich. Ich meine, wie alt seid ihr jetzt überhaupt? Aber zurück zu Inga Unnur, die war nicht leicht zu haben.

Eines Tages arbeiteten wir zu vierzehnt auf einem Boot. Wir folgten dem Hering übers Meer, so weit wie nötig. Wir suchten länger als sonst.«

»Zu vierzehnt?« Linde zählte die Betten in unserem Boot. »Das ist zu viel.«

»Der Kapitän und der Steuermann schliefen unterm Steuerhaus«, sagte Opi Kas. »Und die Jungen, die noch grün hinter den Ohren waren, hatten Pech. Die schliefen hier.« Er klopfte mit einer Hand auf die Sitzbank aus Holz. Wenn man zum Schlafen kam; es war ja arbeiten angesagt, nicht wahr?«

»Hatten sie wenigstens eine Decke?«, fragte Linde.

»Ich glaube schon«, sagte Opi Kas. »Aber das hat nicht so viel mit mir und Leifur zu tun.«

»Sei still«, sagte ich zu Linde. Weil ich wusste, dass sie fragen wollte, wer Leifur war. Wenn sie so weitermachte, würde das nie was mit der Geschichte von Opi Kas.

»Leifur sagte, dass er Inga Unnur einmal ordentlich küssen würde, sobald wir nach Hause kamen.«

Linde und ich sahen uns an. Linde gab sich Mühe, nicht zu lachen.

»Er behauptete, dass sie ihn ›Schätzchen‹ genannt hatte und ›Liebster‹ und was weiß ich noch alles. Leifur war ein falscher Lump, und dass ich seinen Namen nicht vergessen habe, ist kein Wunder, aber das ist wieder eine andere Geschichte.

Also gut, ich wurde wütend. Leifur sollte seine Finger von Inga Unnur lassen. Er log, dass sich die Balken bogen, wie lieb sie ihn fände und wie gut aussehend.

Leifur war hässlich und grob, müsst ihr wissen, und das nicht zu knapp. Und Inga Unnur war schön und fein. Sie trug eine vollgespritzte Gummischürze und Handschuhe und hatte sich ein Tuch um den Kopf gebunden, und trotzdem war sie schön und fein. So ein Mädchen war sie. Manchmal, wenn sie den Hering sauber machte und ich zufällig vorbeilief und zufällig zu ihr sah, sah sie zufällig zurück. Eigenlob stinkt, aber ich war damals ein toller Typ, und Inga Unnur wusste ganz genau, was sie wollte.

Aber wir waren jetzt auf See und Leifur schwang große Reden. Bis die Glocke an der Kajüte Alarm schlug. Hering!

Wir mussten an die Arbeit. Fisch, darum ging es. Fisch und noch mal Fisch. Wir fischten und schöpften das Netz leer. Wieder und wieder. Immer tiefer lag das Boot im Wasser, denn der Schiffsraum und das Deck waren übervoll. Für keinen einzigen Hering war mehr Platz. Wir mussten zusehen, dass wir in den Hafen kamen.

Leifur stand an Deck und rief Inga Unnurs Namen.

Da packte ich einen Hering. Ich hielt ihn vor meine Lippen und gab ihm einen Kuss aufs Maul.

›Siehst du das?‹ sagte ich zu Leifur. ›Ich küsse diesen Hering, aber eigentlich küsse ich Inga Unnur.‹

Alle brachen in Gelächter aus.

›Andskotans!‹, sagte ich, denn ich konnte ein wenig auf Isländisch fluchen. ›Ich küsse jetzt diesen Hering und nachher wird Inga Unnur ihn küssen. Ohne dass ich etwas sage, wird Inga Unnur diesen Hering küssen und jeder wird begreifen, was das bedeutet.‹

Leifur baute sich vor mir auf. Was ich glaubte, wer ich sei? So eine lächerliche Geschichte habe er noch nie gehört.

Und ehrlich gesagt, hatte ich mir auch noch nie so eine lächerliche Geschichte ausgedacht. Wie töricht ich damals war, Junge, Junge. Ein Boot randvoll mit Hering, und dann sollte ausgerechnet meiner bei Inga Unnur landen. Außerdem würde sie plötzlich einen Rappel kriegen und den einen Hering auch noch küssen müssen!

Leifur band meinem Hering eine Schnur um die Schwanzflosse. Ich war ein Angeber und das würde leicht zu beweisen sein. Oder etwa nicht?

Im Hafen wurde der Hering ausgeladen. Inga Unnur stand mit den anderen Mädchen an einem der Tröge und putzte Fische. Die Mädchen nahmen sich je einen Hering. In rasendem Tempo: Kopf ab, Eingeweide raus, fertig. Nächster Hering.

Einige der Jungs hielten mich fest. Sie fürchteten, ich würde Inga Unnur ein Zeichen geben. Einige andere hielten Leifur fest, denn der hätte das Ganze sabotieren können. Das war ihm jedenfalls zuzutrauen.

Eine Zeit lang passierte nichts Besonderes. Ein Hering nach dem anderen wanderte aus dem Behälter. Bis, ob ihr's glaubt oder nicht, Inga Unnur nach meinem Hering griff. Mein Hering! Ich konnte das zwar nicht richtig sehen, aber gut hören! Inga Unnur rief, sie habe einen Hering mit Schnur gefunden. Alles lachte. Und die Schnur, sagte Inga Unnur, die sei ein Zeichen ihres Liebsten.

Die Jungs ließen mich los. Ich rannte nach vorn und sah Inga Unnur mit dem Hering in der Hand. Sie hielt ihn direkt vor ihren Mund und gab ihm einen Kuss auf sein Maul. Und während sie den Hering küsste, sah sie mich an.

Du lieber Himmel, das war ein dreifaches Wunder. Das erste Wunder war, dass Leifurs Schnur nicht abgegangen war. Das zweite Wunder war, dass Inga Unnur nach meinem Hering griff, und das dritte Wunder, dass sie ihn küsste.«

»Und das vierte Wunder war, dass du so unglaublich gut Isländisch verstehen konntest«, sagte ich. »Du warst doch zum ersten Mal hier?«

Opi Kas beachtete mich nicht.

»Danach nahm Inga Unnur den Hering, legte ihn auf ihr Schneidebrett und schwuppdiwupp, Kopf ab, Eingeweide raus. Und in diesem Augenblick, einfach so, begriff ich, was mir bevorstand. Kopf ab, so würde es auch mir ergehen. Also im übertragenen Sinne. Inga Unnur würde das Sagen haben und ich hätte nichts mehr zu melden. Wenn ich ein Mädchen hätte und heiraten würde, wäre alles aus. Ich bekam Panik. Ich sagte zu Inga Unnur, dass ich nicht verstünde, warum sie Leifurs Hering küsste, aber dass mir das recht wäre.«

»Nein!«, sagte Linde.

»Doch«, sagte Opi Kas. »Und dann tat es ganz gemein weh, mein Herz meine ich, aber so war das nun mal.«

Linde nickte.

Das war das erste Mal, dass ich Opi Kas so lange am Stück reden hörte. Seine Stimme fing an zu rasseln.

»Aber später hast du dann doch Mamsie geheiratet«, sagte ich.

»Ja«, sagte Opi Kas. »Das ist der Lauf der Dinge. Verliebt über beide Ohren und man kann sich nicht jedes Mal aus dem Staub machen. Mamsie hatte das Sagen, aber das war zu Hause, versteht ihr. Ich war oft auf See.« Opi Kas schüttelte den Kopf. »Nicht dass ich stolz darauf wäre. Doch andererseits: Mamsie wusste, worauf sie sich einließ. Und der Grund, warum ich euch das jetzt erzähle, diese ganze Geschichte …«

»Ja, warum eigentlich?«, fragte ich.

»Ein freier Junge bleibt immer ein freier Junge«, sagte Opi Kas. »Das wird nichts mit mir dort bei euch. Lasst mich mal gehen, auf meine eigene Art.«

»In die Berge«, sagte Linde.

»In die Berge«, sagte ich. »Das ist doch absoluter Blödsinn. Das sagst du nur so. Dort ist es schrecklich kalt und schrecklich hoch. Das geht überhaupt nicht.«

Opi Kas sah zu Linde und dann zu mir und hielt seinen Kopf ein bisschen schief. »Ich weiß, was ich tue.« Er dachte ein paar Sekunden nach. »Das ist eine alte Tradition«, sagte er dann. »Wusstet ihr das? Eskimos und Indianer haben das genauso gemacht. Am Ende ihres Lebens sind sie in die Wildnis gegangen.«

Langsam wurde ich wütend. Weil ich anfing, etwas zu verstehen. Opi Kas schleimte sich bei uns ein! Er wusste genau, was er sagen musste. Erst hatte er mir das Boot und das Schöpfnetz gezeigt. Danach hatte er uns beim Spott-Singen geholfen. Heute erzählte er eine Liebesgeschichte, weil Linde mit dabei war, und reicherte sie noch mit ein paar Eskimos und Indianern an, um es besonders abenteuerlich klingen zu lassen.

»Und übrigens«, sagte ich. »Warum bist du nicht weggegangen, bevor wir gekommen sind, um dich abzuholen?«

»Weil ich euch sehen wollte«, sagte Opi Kas. »Ein letztes Mal.«

»Twan«, sagte Linde, »lass gut sein.« Sie lehnte ihren Kopf einen kurzen Moment an Opi Kas' Schulter. »Ich finde, das war eine schöne Geschichte. Schön und traurig. Und jetzt will ich zurück zum Haus.«

Opi Kas setzte sich die Mütze auf. »Was ich eigentlich erzählen wollte, ist Folgendes: Ein Mensch stirbt am liebsten, wie er gelebt hat. Davon versteht ihr natürlich nichts und das muss auch so sein, weil ihr noch viel lernen müsst. Aber ich weiß, dass ich ganz unglücklich werden würde, wenn ich mitkommen müsste. Sehr unglücklich. Das war's. Mehr brauche ich nicht zu sagen.« Opi Kas machte einfach weiter. Er sagte noch mehr, obwohl das gar nicht nötig war. »Wenn ihr euch entscheiden müsstet, was wäre euch dann lieber? Ein glücklicher Opi oder ein unglücklicher?«

Draußen schneite es stark. Die Schneeflocken rieselten nicht, sie kamen im Sturzflug angesaust, nicht von oben, sondern von der Seite. Opi Kas hatte sich die Wollmütze so weit wie möglich über den Kopf gezogen.

»Wenn ich etwas im Leben gelernt habe«, sagte er auf halber Strecke der Freifläche vorm Haus, »dann ist es das: Angriff ist die beste Verteidigung. Wir gegen die Zimtziegen.«

»Die Zimtziegen?«, fragte Linde.

Opi Kas fing an zu singen, doch seine Stimme wollte nicht mehr.

»Ein Mops kam in die Küche.«

Es war mehr ein Flüstern als Singen.

»Und stahl dem Koch ein Ei.«

Linde sprang ihm bei.

»Da nahm der Koch den Löffel
Und schlug den Mops entzwei.«

Es sah ganz so aus, als hätten wir drei einen Geheimclub gegen die Zimtziegen gegründet.

ACHT

Es stürmte ordentlich. Keine Ahnung, welche Windstärke. Aber heftig genug, um jeden, der draußen herumspazierte, zum Schwanken zu bringen. Der Schneeräumer hatte zeitig aufgehört. Und wir waren alle früh ins Bett gegangen.

Im Mädchenzimmer war es ruhig, doch Opi Kas und ich konnten nicht schlafen.

»Ich muss dir etwas sagen«, sagte Opi Kas. Er lispelte. »Ich habe mein Gebiss zu lange im Mund gehabt und jetzt tut mir mein Zahnfleisch weh. Aber ich werde es nicht in einem Gefäß auf die Anrichte stellen. Nicht mit den ganzen Weibern im Haus. Darum steht es auf dem Fußboden neben meinem Bett, in einem Glas. Damit du das weißt.«

Er machte das Licht an.

»Und dann kriegst du so was: einen Mund ohne Zähne.«

Glücklicherweise hielt er ihn geschlossen. Er sah noch zerknitterter aus als vorher. Noch etwas älter, als er ohnehin schon war. Aber so einen großen Unterschied machte das nicht, mit oder ohne Gebiss.

Das Licht ging wieder aus.

»So, dann hätten wir das besprochen«, sagte Opi Kas. »Ich brauch keine Angst mehr zu haben, dass du mich erwischst. Und nicht weitersagen, klaro?«

Ich lauschte eine Weile dem Heulen des Windes. Die Wand hinter dem braunen Schlafsofa zitterte. Als würde Opi Kas' Haus auseinandergerissen, so sehr knarrte es an allen Ecken und Kanten.

»Ist das Haus stabil genug?«, fragte ich.

»So stabil, wie es nur sein kann«, lispelte Opi Kas. »Was dachtest du denn? Es stürmt ja nicht mal richtig, ich hab schon Schlimmeres erlebt. Ein Haus muss ein bisschen nachgeben. Wie ein Boot auf den Wellen, könnte man sagen. Wenn ein Haus nicht knarrt, kriegen mich da keine zehn Pferde rein.«

»Oh«, sagte ich.

Zum Glück war das Haus kein richtiges Boot. Es knarrte und zitterte, aber es schaukelte nicht auf den Wellen. Auf einem schaukelnden Boot würde das Glas mit dem Gebiss von Opi Kas rutschen. Von der einen Zimmerseite zur anderen. Von seinem Bett zu meinem.

Mitten in der Nacht wurde ich vom Sturm wach. Und von Opi Kas, denn der machte auch Lärm. Er stand auf und schlurfte zur Toilette.

Ich schob die Gardine ein Stück zur Seite, um den Wind zu beobachten. Grauer Schnee peitschte an den Fenstern vorbei. Auf der anderen Seite standen Straßenlaternen. Dort sah der Sturm weißer aus und noch viel wilder.

Opi Kas pinkelte bei offener Toilettentür, das konnte ich hören. Anschließend ging er in die Küche. Der Kühlschrank ging auf und wieder zu, Stuhlbeine schabten über den Fußboden. Opi Kas ließ einen Furz. Er machte, wozu er Lust hatte, sogar mitten in der Nacht. Auf dem Weg ins Jungszimmer stieß er gegen irgendetwas an.

Ich zog mir schnell die Bettdecke über den Kopf.

»Schläfst du?«, fragte Opi Kas.

Ich holte langsam und tief Atem. Damit es noch echter klang, schnarchte ich einmal kurz.

Opi Kas macht, wozu er Lust hat, dachte ich. Und dagegen konnte er angeblich nichts tun, wie er im Museum erzählt hatte. Ein freier Junge bleibt ein freier Junge. Ich musste an den Heringskuss denken, an Inga Unnur und Mamsi. Vor allem musste ich an Oma denken. Wenn Opi Kas zur See fuhr, ließ er Mamsi und Oma allein. Und Oma war damals ein Kind. Jetzt wollte Opi Kas sie noch ein letztes Mal allein lassen. Und Mama und Linde und mich. Dass Opi Kas früher ein freier Junge sein wollte, verstand ich nicht so gut. Aber das Komplizierte war: dass er jetzt ein freier Junge sein wollte, verstand ich schon. Ein bisschen. Nein, mehr als ein bisschen.

Ich konnte mir nicht vorstellen, jemals neunzig zu werden und so alt und zerknittert auszusehen, mit Falten, Flecken und falschen Zähnen, die in einem Glas neben meinem Bett auf mich warteten. Das war wie Nachdenken übers Weltall. Über etwas, was den Verstand überstieg, auch wenn man sich noch so große Mühe gab.

Doch vielleicht, ganz eventuell, würde ich dasselbe wie Opi Kas wollen. Auf meine eigene Art und Weise sterben. Ich konnte mir nicht ausmalen, wie ich mich mit neunzig fühlen würde, aber vielleicht würde ich das wollen. In die Berge. Ja. Wenn ich ohnehin sterben musste, dann würde ich das wollen. In die Berge.

Ich verstand Opi Kas, und ich verstand Oma und Mama. Doch Opi Kas verstand ich am meisten.

»Bist du noch wach?«, fragte ich.

»Gerade noch so«, sagte Opi Kas.

»Ich will wissen, was du vorhast.«

»Schlafen.«

»Nein. Ich will wissen, was ich tun soll, wenn du in die Berge gehst. Was soll ich tun, um dir zu helfen. Ich will das jetzt wissen.«

»Hallelujah«, sagte Opi Kas. »Nicht so laut. Die Wände haben Ohren.« Er redete und lispelte so leise, dass seine Worte fast im Heulen des Windes untergingen. »Wenn es so weit ist, musst du ein paar Sachen für mich holen. Ich komme nicht mehr auf den Dachboden rauf.«

»Okay.« Opi Kas sollte wissen, dass ich ihn gehört hatte. Andernfalls würde er womöglich aufstehen und sich mit seinem zahnlosen Mund zu mir auf mein Schlafsofa setzen.

»Und noch was. Wenn es so weit ist, musst du sagen, dass ich schlafe. Dass ich im Jungszimmer liege. Ich bin dann nicht draußen, sondern offiziell hier.«

»Okay.«

»Prima, dass du mir helfen willst.«

»Ich habe nicht gesagt, dass ich dir helfen werde.«

»Du hast ›okay‹ gesagt.«

»Um zu sagen, dass ich dich verstanden habe.«

»Ach, so ist das also«, sagte Opi Kas.

Eine Weile lauschte ich dem Wind. Man gewöhnte sich daran. Dabei schlief ich ein.

Als wir am nächsten Morgen aufstanden, stürmte es noch immer.

»Wir bleiben drinnen«, sagte Oma. Sie sah uns streng an. »Wir alle.«

»Sehr vernünftig«, sagte Opi Kas.

»Es ist genug zu essen da«, sagte Mama.

»Das kann Tage dauern«, sagte Opi Kas.

»Oha!«, sagte Oma. »Meinst du wirklich?«

»Ich habe einen Witz gemacht«, sagte Opi Kas.

»Wusste ich's doch«, sagte Oma. »Ich bleibe bestimmt nicht tagelang hier drinnen. Wir sind am Donnerstag bei Svanna eingeladen. Zu einer Art Handarbeitstreff mit Kaffee und Kuchen.«

»Solange ich nicht mitmuss«, sagte Opi Kas.

»Du bleibst zu Hause«, sagte Oma.

»Ich auch«, sagte Linde. »Und Twan.«

»Aber wenn es darauf ankommt, kann ich sehr gut stricken«, sagte Opi Kas. Er holte seine alte Mütze aus dem Flur. »Zwei rechts, zwei links, nichts leichter als das.«

Der Tag zog sich in die Länge. Ich wollte mit Linde reden, aber das ging nirgendwo. In jedem Zimmer war jemand, und wenn einmal niemand da war, dann konnte jeden

Moment jemand hereinkommen. Und die Wände hatten Ohren, auch das noch.

Im *Großen Survival-Handbuch* fand ich ein Kapitel über Verletzungen und den Transport von Opfern in der Wildnis. Ich las ein paar Zeilen vor.

»Kannst du nicht damit aufhören«, sagte Oma. »Immer diese Katastrophen-Geschichten die ganze Zeit.«

Opi Kas holte ein Dame-Brett hervor. Linde und ich spielten eine Partie. Als ich einmal kurz nicht aufpasste, schlug Linde fünf Steine auf einmal.

Mama ließ einen Eimer Seifenlauge ein, um die Küchenschränke sauber zu machen. Opi Kas verschwand ins Jungszimmer. Oma fegte den Flur und das Mädchenzimmer. Sie polierte die Fensterscheiben. Von innen, denn draußen blies es einen fort.

»Wir müssen das Haus ein wenig auf Vordermann bringen«, sagte Mama. »Wir können Opi Kas nicht mitnehmen und alles in solch einem Zustand zurücklassen.« Sie kletterte auf den Hocker, um das oberste Fach des Küchenschranks auszuräumen. »Helft ihr kurz mit?«

Linde und ich nahmen die Sachen entgegen, die Mama aus dem Schrank räumte. Eine Packung Makkaroni, ein Topfdeckel, eine Schachtel Streichhölzer, eine Glasschale.

»Unglaublich«, sagte Mama. »Was für ein Gestank.«

Sie hielt eine Plastiktüte in die Höhe. Ein durchdringender Fischgeruch schlängelte sich durch die Küche.

Linde hielt sich die Nase zu. Sie rührte die Tüte nicht an. Ich auch nicht.

»Opa!«, rief Mama. »Was ist das?«

Opi Kas kam in die Küche. »Getrockneter Fisch. Dass ich den noch habe!«

Oma eilte mit einem Schwamm und einem Fenstertuch herbei.

»Verdorbener Fisch«, sagte sie. »Kannst du wegwerfen.«

»Verdorben?«, sagte Opi Kas. »Wie kommst du darauf? Getrockneter Fisch hält sich jahrelang.«

Er grapschte Mama die Tüte aus der Hand, nahm die Butter von der Anrichte und setzte sich an den Küchentisch.

»Ich weiß nicht, ob das so klug ist«, sagte Mama.

Opi Kas riss die Tüte auf. Er nahm einen Streifen getrockneten Fisch, fuhr damit durch die Butter und steckte ihn sich in den Mund.

»Nicht zu fassen«, sagte Oma.

Opi Kas hielt ein Stück Fisch in die Höhe. »Auch mal?«

Oma schüttelte den Kopf.

»Ihr vielleicht?«

»Nein«, sagten Linde und Mama gleichzeitig.

Opi Kas sah mich an. »Stellst du dich auch so kindisch an?«

Ich nahm das Stück Fisch. Es war trocken und papiern und schmeckte auch so, sogar mit Butter. Aber wenn man eine Weile kaute, wurde das Stück weicher. Und fischiger.

»Darf ich noch ein Stück?«, fragte ich.

Opi Kas und ich aßen Fisch mit Butter.

»Jetzt können wir die Butter wegwerfen«, sagte Oma.

Der Wind hatte abgenommen, aber noch immer blies er so stark, dass es klüger war, drinnen zu bleiben. Nach dem Abendessen waren wir alle müde und schlecht gelaunt.

»Lasst uns früh schlafen gehen«, sagte Oma.

»Schon wieder?«, sagte ich. Aber Oma hatte Recht, es war besser, im Bett zu liegen, als sich gegenseitig im Weg zu stehen.

»Wir müssen das nur richtig organisieren«, sagte Mama. »Duschen ist heute nicht drin.« Sie schaute zu mir herüber. »Wir machen das so: Die Mädchen gehen ins Mädchenzimmer, dann können die Jungs nacheinander zum Waschen in die Küche. Danach gehen die Jungs ins Jungszimmer und die Mädchen sind nacheinander dran.«

Mama verteilte Handtücher und Waschlappen. Danach verschwand sie mit Oma und Linde im Mädchenzimmer. Sie lachten.

»Und ja gut schrubben!«, rief Mama.

»Geh du ruhig zuerst«, sagte Opi Kas. Er schlurfte davon.

Ich blieb in der Küche. Mama konnte natürlich hören, ob ich den Kran aufdrehte und wie lange ich brauchte, um mich zu waschen, auch wenn sie das überhaupt nichts anging.

Ich zog mich bis auf die Unterhose aus. Ich ließ den Wasserhahn laufen, machte den Waschlappen nass und fing mit dem Gesicht an. Es war merkwürdig still im Haus. Auf einmal. Als wäre ich in einer Sendung mit versteckter Kamera, überlegte ich. Da stand ich, ganz allein in der Küche. Ich ließ meine Unterhose fallen und auf einmal öffneten sich alle Türen. Alle sprangen hervor. Oma, Mama und Linde. Opi Kas und das Kamerateam. Menschen mit Partyhüten und Tröten. Tätäratääà!

Doch es passierte nichts. Ich wusch mich von oben bis unten. Ruckizucki. Weil ich keine sauberen Anziehsachen bei mir hatte, rannte ich in meiner schmutzigen Unterhose ins Jungszimmer. Opi Kas ging in die Küche. Er brauchte etwas länger als ich. Aber nicht viel.

»Fertig!«, riefen wir in Richtung der Mädchen.

Ich nahm *Das große Survival-Handbuch.*

»Hier ist ein Kapitel zur persönlichen Körperhygiene«, sagte ich zu Opi Kas. »Wenn man sich gut pflegt, bleibt man länger gesund. Außerdem fühlt man sich auch geistig besser, wenn man sich selbst nicht vernachlässigt. Und das ist ganz wichtig. Wusstest du, dass man aus Birkenblättern und Asche Seife machen kann?«

»Alles Unsinn«, sagte Opi Kas. »Auf hoher See war ich so dreckig, das kannst du dir nicht vorstellen, und geistig so munter wie ein Fisch im Wasser. Körperlich übrigens auch. Weißt du, was gefährlich ist? Zu viel, wie hast du das doch gleich genannt? Zu viel persönliche Körperhygiene. Der Mensch braucht eine Schutzschicht.«

Auf der nächsten Seite stand etwas über Wanderstöcke. »Führe immer einen Wanderstock bei dir«, las ich. »Man kann sich darauf abstützen.«

»Du meinst es ernst«, sagte Opi Kas.

Ich las weiter. »Er lässt sich zugleich als Peilstock verwenden, zum Beispiel um zu messen, wie tief das Wasser ist. Und sofern nötig, lässt sich der Wanderstock als Waffe oder Fischspeer einsetzen.«

Opi Kas gähnte. »Zeit, das Licht auszumachen.«

»Warte mal.« Ich öffnete die Tür zum Flur ein kleines Stück. »Zu viel persönliche Körperhygiene ist gefährlich«, rief ich. »Der Mensch braucht eine Schutzschicht, verstanden?«

Linde kreischte.

»Es tanzt ein Bi-Ba-Butzemann in unsrem Kreis herum, dideldum«, sang Mama. *»Es tanzt ein Bi-Ba-Butzemann in unsrem Kreis herum.«*

»Das singt sie nur, wenn ihr gar nichts anderes mehr einfällt«, sagte ich zu Opi Kas. »Echt schwach.«

Ich legte mich auf das Schlafsofa. Opi Kas machte das Licht aus. Er murmelte etwas, schmatzte und kurz darauf hörte ich das Glas neben seinem Bett klingeln.

NEUN

Es war noch früh, doch wir waren ungeheuer ausgeschlafen. Linde und ich hatten es eilig, wir wollten nach draußen. Linde öffnete die Haustür. Eine Ladung Schnee fiel in den Flur. Direkt vor dem Haus lag ein großer Schneehaufen. Ein Stück weiter war es nicht ganz so schlimm. Der Wind hatte Schneehügel und Schneetäler geformt, einer der Hügel hatte an unserer Tür gelehnt.

Ich schaufelte den Eingang frei, Linde kratzte den Schnee im Flur zusammen.

Die Sonne war noch nicht aufgegangen. Es war dämmerig, mit einem kleinen bisschen Orange am Himmel. Wir überquerten das Gelände vorm Haus und gingen weiter durch die Dorfstraßen. Autos fuhren vorbei. Eine Frau schob einen Kinderwagen vor sich her, mitten auf der Straße, da der Gehweg mit Schneebuckeln übersät war.

»Denkst du manchmal übers Sterben nach?«, fragte Linde.

»So gut wie nie«, sagte ich.

»Wenn man stirbt, macht man Platz für neue Menschen.«

»Wir bleiben noch«, beeilte ich mich zu sagen. »Und Mama und Oma bleiben auch.«

»Und Papa.«

Das hatte was von einem Spiel, bei dem Opi Kas nicht mitmachen durfte. So wie im Sportunterricht, wenn man eine Mannschaft wählt und die Schwächlinge übergeht.

»Und Opi Kas und alle anderen«, sagte ich.

»Alle geht nicht«, sagte Linde. »Dann macht niemand Patz für neue Menschen.«

»Fast alle Menschen.«

»Ich glaube, dass Opi Kas Platz machen will«, sagte Linde.

»Woher willst du das denn wissen.«

»Glaube ich eben.«

»Ich glaube nicht, dass er Platz machen will. Er will keinen Patz machen, aber er weiß, dass er muss, und darum tut er so, als ob er will.« Das klang so kompliziert, dass ich mir nicht sicher war, ob es stimmte. Ich fing von vorne an. »Er weiß, dass es sein muss …«

Linde ließ mich nicht ausreden. »Opi Kas will auf seine eigene Art und Weise Platz machen. Und eigentlich finde ich das gut.«

Wir spazierten zur Kirche, dort gingen wir eine Treppe hinauf zu einer Straße, die etwas höher lag, am Fuß des Berges.

»Ich auch«, sagte ich.

»Und du kannst ihn doch nicht davon abhalten.«

»Und Mama und Oma?«

»Die schon«, sagte Linde.

»Wie denn?«

»Sie binden ihn fest. Wetten?«

»Meinst du? Und dann kommt Oma mit einem Stück Fisch.«

»Und Mama mit einem Teller Brei.«

»Mund auf.«

»Jetzt mal im Ernst«, sagte Linde. »Ich finde, dass wir Opi Kas gehen lassen sollten.«

»Im Ernst. Mama und Oma dürfen ihn nicht davon abhalten.«

Wir kamen ans Ende der Straße und ans Ende des Dorfes.

»Das klingt jetzt vielleicht blöd«, sagte Linde, »aber vielleicht macht das für Mama und Oma keinen großen Unterschied. Wenn Opi Kas in die Berge geht, werden sie traurig. Aber wenn Opi Kas im Krankenhaus liegt, werden sie auch traurig. Oder nicht?«

»Aber auf eine andere Art. Wenn Opi Kas in die Berge geht, werden sie nicht nur traurig, sondern auch wütend.«

»Stimmt«, sagte Linde.

Wir machten kehrt und nahmen denselben Weg zurück nach Hause.

»Platz machen ist sterben«, sagte ich zu Linde. Ich fand auf einmal, dass wir das nicht vergessen durften. »Platz machen, hier oder wo auch immer. Es bleibt sterben.«

»Wir müssen uns überlegen, was schlimmer ist«, sagte Linde. »Opi Kas im Krankenhaus oder Opi Kas in den Bergen.«

Ich brauchte nicht darüber nachzudenken, denn ich wusste die Antwort schon. »Opi Kas im Krankenhaus.«

»Ja«, sagte Linde. »Opi Kas im Krankenhaus. Das ist das Schlimmste.«

Wir liefen die Treppe an der Kirche hinunter.

»Opi Kas in den Bergen«, sagte ich. »Das ist am wenigsten schlimm.«

»Also?«, fragte Linde.

»Also«, sagte ich. »Er will, dass ich ihm helfe«, sagte ich. »Sachen packen und sagen, dass er im Bett liegt, wenn er weggeht. Aber ich weiß noch nicht, ob ich das mache.«

Wenn ich mir jetzt Opi Kas in den Bergen vorstellte, war

es halb so wild. Er sah zufrieden aus. Er trug seine Mütze und seine dicke Jacke und hatte einen Rucksack auf dem Rücken. Er hatte einen Wanderstock, mit dem er in den Schnee stach. Und der Wanderstock war ein Peilstock.

ZEHN

Nach dem Sturm fing es wieder an zu schneien, aber diesmal so, wie es sich gehört, mit rieselnden Flocken, die liegen blieben. Linde und ich besuchten das Museum mit Opi Kas. Oma und Mama waren froh, dass wir nicht weiter im Haus herumhingen.

»Dann kommen wir hier gut voran«, sagte Mama.

»Womit?«, fragte Opi Kas.

Oma schob Opi Kas zur Haustür. »Fußbodenwischen und so. Jetzt geh schon, Papsi.«

Unten im Boot schlug ich *Das große Survival-Handbuch* auf.

»Jetzt musst du gut zuhören«, sagte Linde.

»Das sind wichtige Informationen«, sagte ich. »Wir lesen heute das Kapitel übers Knotenmachen.«

»Wenn ihr damit anfangt, sind wir in null Komma nix

fertig«, sagte Opi Kas. »Dann gehe ich nämlich sofort nach Hause. Ich habe mein ganzes Leben lang Knoten gemacht, darüber könnt ihr mir nichts erzählen.«

»Kennst du den doppelten Kettenknoten?«, fragte ich.

Opi Kas wollte aufstehen.

»Nein!«, sagte ich. »Dann machen wir das Kapitel über Lauftechnik. Hier steht zum Beispiel etwas übers Laufen in der Nacht. Man kann sich ruhig und zielstrebig fortbewegen. Man darf niemals ...«

»Wirklich niemals«, sagte Linde.

»Den Berg gedankenlos hinabsteigen«, machte ich weiter. »Immer im Zickzack laufen.«

Opi Kas blieb sitzen. Er sank ein wenig zurück und schloss die Augen.

»Du hörst nicht zu«, sagte Linde.

»Immer im Zickzack laufen«, sagte Opi Kas.

Das Kapitel »Lauftechniken« war lang. Ich las und erzählte, was auf den Abbildungen zu sehen war, ab und zu wiederholte Opi Kas ein Wort. Laufrhythmus. Positionsbestimmung. Orientierungspunkt. Aber er hörte nicht wirklich zu. Als das Kapitel zu Ende war, öffnete er die Augen.

»So. Das nenne ich mal mächtig interessant.«

»Gar nicht wahr«, sagte ich.

»Du hast Recht«, sagte Opi Kas. »Das ist ein nutzloses Buch. Die ganze Zeit über geht es darum, was ich tun soll und was nicht. Als wüsste ich das nicht selber.«

»Dann lese ich nicht mehr vor«, sagte ich.

»Ab und zu ist schon in Ordnung«, sagte Opi Kas. »Zur Unterhaltung und wenn ich mir das nicht merken muss. Mein Hirn ist alt, darauf musst du schon ein bisschen Rücksicht nehmen. Die Dreier-Regeln kenne ich dafür auswendig, das ist doch schon was.«

»Wie gehen die denn?«, fragte Linde.

»Willst du mich etwa abfragen?«

»Ja«, sagte Linde. »Wenn du die Dreier-Regeln kannst, lassen wir den Rest weg.«

»Lass mich mal sehen«, sagte Opi Kas. »Man hat wenig Zeit, um die richtige Entscheidung zu treffen, und ohne die richtige Kleidung hält man es nicht lange aus. Ohne Wasser schafft man es, etwas länger durchzuhalten, und ohne Essen noch etwas länger, und das alles hat etwas mit drei zu tun, aber daran glaube ich keine Sekunde, denn niemand weiß, wie ein Mensch umkommt, wenn's drauf ankommt. Die Dreier-Regeln sind als eine Art Warnung zu verstehen, damit man weiß, woran man ist. Ungefähr jedenfalls.«

»Ja«, sagte Linde. »Das ist gut. Eine Art Warnung.«

Wir saßen unten im Boot und wussten nicht recht, was wir sagen sollten. Wir hatten Opi Kas abgefragt und wussten, dass er den Rest von *Das große Survival-Handbuch* nur zur Unterhaltung hören wollte. Ich verschob den Teller und einen Becher auf dem Museumstisch. Früher hatten Fischer mit ihren schmutzigen Fischhänden die Sachen hier unten angefasst. Dann konnte ich wenig anrichten.

»Was ist mit Leifur passiert?«, fragte Linde.

»Leifur?«, fragte Opi Kas.

»Du hast seinen Namen nicht vergessen, aber das ist wieder eine andere Geschichte«, sagte Linde. »Das hast du das letzte Mal gesagt.«

»Das ist eine kurze Geschichte«, sagte Opi Kas, »ich spreche nicht so gerne darüber. Mit Leifur nahm es ein schlimmes Ende. Fischen ist gefährlich und manchmal geht es eben schief.« Er sah uns nacheinander an. Erst Linde und dann mich. »Dieser ganze Mumpitz in dem Buch, damit kann ich überhaupt nichts anfangen. Ich habe alles gelernt, was man lernen kann. Im echten Leben. Kapiert?«

Linde und ich nickten.

Opi Kas schob an seiner Seite des Tisches einen Becher hin und her. »Wir sollten langsam nach Hause.«

Auf dem künstlichen Kai streichelte Opi Kas über das blaue Holz des Bootes.

»Bless!«, rief er dem Mann im oberen Stockwerk des Museums zu.

»Bless« heißt so viel wie »Tschüss«. Ich hatte das Wort früher schon gehört, im Mützengeschäft und im Supermarkt.

Der Mann mit dem grauen Bart kam herunter.

»Bless«, sagte Opi Kas noch mal.

Er nahm die Hand des Mannes und hielt sie eine Weile fest. Er stieß einen Seufzer aus, bewegte sich zur Tür und ging hinaus.

Unterwegs nach Hause war Opi Kas still. Linde und ich sagten auch nicht viel. Aus einer der Seitenstraßen kam das rostige Geräusch des Schneeräumers. Am Straßenrand lag ein hoher Berg aus grauem Schnee; der Schneeräumer musste ja irgendwohin mit dem Schnee.

Ab und zu, wenn wir an jemandem vorbeikamen, hob Opi Kas grüßend die Hand.

»Und war es nett?«, wollte Mama wissen.

»Ja doch«, sagte Opi Kas. »Und was morgen betrifft: Ich dachte, ich nehme die Kinder mal mit ins Schwimmbad.«

»Linde will nicht schwimmen«, sagte ich.

»Doch«, sagte Linde.

»Hast du nicht mehr deine …«

»Twan«, sagte Linde drohend.

»Aufhören«, sagte Mama. »Nicht streiten.«

Sie wusste natürlich, wie das war mit der Regelblutung. Wann es anfing und wieder aufhörte.

Opi Kas ging früher zu Bett als sonst. Ich blieb auf. Ich war nicht müde und hatte keine Lust, mich im gleichen Zimmer wie Opi Kas aufzuhalten.

Linde und ich waren Verlierer. Zuerst wollten wir Opi Kas von seinen Plänen abbringen. Danach wollten wir ihn mit Survival-Tipps vollstopfen, für den Fall der Fälle. Danach wollten wir ihn mit Survival-Tipps vollstopfen für das echte Leben, für die Berge. Doch selbst das klappte nicht. Opi Kas machte nicht mit.

Linde saß in einem der braunen Sessel und las. Ich saß in dem anderen braunen Sessel mit dem *Großen Survival-Handbuch*. Ich las ein Stück über das Überleben in der Wüste. Das nutzte Opi Kas nichts.

Mama und Oma hatten sich an den Küchentisch gesetzt. Ich könnte es jetzt sagen: Opi Kas geht in die Berge. Oder: Ihr müsst auf Opi Kas aufpassen, er will abhauen. Das war ein Leichtes und wäre im Handumdrehen erledigt. Und dann würde es nur einen einzigen Verlierer geben. Opi Kas.

»Mama?«, sagte ich.

»Ja, Twan?«

Linde sah von ihrem Buch auf.

»Bei über 38 Grad braucht man einen Liter Wasser in der Stunde«, sagte ich.

»Zum Glück wird es hier keine 38 Grad«, sagte Mama.

Linde tippte sich mit dem Finger an die Stirn.

Ich zuckte mit den Schultern.

Opi Kas in den Bergen war das kleinste Übel, das fand ich nach wie vor. Ich wollte kein Verräter sein. Mama und Oma hatten keine Ahnung, und das blieb so.

Opi Kas hätte mich da raushalten sollen und Linde auch, das wäre besser gewesen. Dann hätten wir zusammen mit Oma und Mama von nichts eine Ahnung gehabt.

Mama und Oma unterhielten sich darüber, wie es weitergehen würde.

»Ich weiß nicht, ob wir Papsi so ohne weiteres mitbekommen«, sagte Oma.

»Wieso nicht?«, sagte Mama. »Es läuft doch gerade so gut.«

»Ich kenne ihn. Da ist was im Busch.«

»Bei Opi Kas?«, fragte Linde. »Was denn?«

»Ja, was?«, fragte ich.

»Habt ihr nichts gemerkt?«, fragte Oma.

»Wir sind mit ihm zum Boot gegangen«, sagte Linde. Sie sagte die Wahrheit. »Und da haben wir gemütlich gesessen.« Das entsprach nicht ganz der Wahrheit, war aber auch nicht gelogen.

»Es ging um Hering und Inga Unnur«, sagte ich.

»Und um Leifur«, sagte Linde.

»Wer ist das?«, fragte Mama.

»Einfach nur eine Geschichte«, sagte Oma. »Papsi erzählt sie jedem. Über ein Mädchen von früher, alles Unsinn, wenn du mich fragst.«

»Gar nicht wahr«, sagte Linde.

»Oh doch«, sagte Oma. »Papsi kann schön erzählen, aber er war ein Herumtreiber, darauf läuft es hinaus. Ein Herumtreiber, der zufällig auch noch fischte. Es gab Fischer, die Katwijk verließen und wieder in Katwijk ankamen. Dagegen ist nichts zu sagen. Aber Papsi musste es unbedingt anders machen. Er verschwand nach Norwegen, ging von Norwegen nach Island, blieb dort eine Weile oder hängte noch einige Monate Schottland dran. Oder etwas dergleichen, denn wo er sich genau herumtrieb und in welcher Reihenfolge, das weiß nur der Himmel.«

»Aber jetzt ist er alt«, sagte Mama. »Vielleicht sollten wir uns nicht darüber ärgern, wie es früher war. Das macht jetzt nur alles noch schwieriger.«

»Ich weiß nicht«, sagte Oma. »Ich glaube, Papsi ist noch genauso wie früher. Ich vertraue ihm kein Stück.«

Linde und ich sahen uns an. Mit Blicken versiegelten wir unsere Münder. Ich presste meine Lippen aufeinander. Linde presste ihre aufeinander.

»Noch ein wenig durchhalten«, sagte Mama. »Die meiste Arbeit ist geschafft.«

»Wir nehmen Papsi so schnell wie möglich mit.« Oma sah sich um. »Das mit den Möbeln kommt später. Wir packen alles ein und Svanna schickt es uns nach.«

»Die Sachen sind kaum der Rede wert«, sagte Mama. »Und fast alles kann weg. Vielleicht sollten wir mit dem Dachboden beginnen. Ich habe keine Ahnung, was da noch alles liegt.«

»Nicht so viel, denke ich. Papsi hängt nicht an Dingen.«

»Muss Opi Kas unbedingt mit?«, fragte Linde. »Gibt es wirklich keine andere Lösung?«

»Jemand von uns könnte hier wohnen bleiben«, sagte ich.

Oma schnaufte. »Und das bin dann sicher ich?«

Opi Kas und Oma zusammen im gelben Haus, das war keine schlechte Idee. Opi Kas könnte in Ruhe zu Hause bleiben, bis er alle alle wäre. Er würde endlich Zeit für Oma haben. Und Oma würde Zeit für Opi Kas haben, denn es musste nichts eingepackt werden. Ich hatte die ideale Lösung gefunden. Dass niemand früher daran gedacht hatte!

»Ich habe mein eigenes Leben«, sagte Oma. »In den Niederlanden. Und außerdem weiß ich viel zu wenig über Island. Und dann noch was: Opi Kas und ich in einem Haus zusammen, Woche für Woche, kannst du dir das vorstellen?«

»Aber ohne Mama und mich ist Platz genug im Mädchenzimmer«, sagte Linde.

»Also kommt schon, Kinder«, sagte Mama. »Opi Kas kommt einfach mit uns mit. Ich sehe keine andere Möglichkeit. Wir wissen, dass er lieber hierbleiben würde, aber manchmal laufen die Dinge einfach anders, als man sich das wünscht.«

»Papsi wird sich ein einziges Mal in seinem Leben anpassen müssen«, sagte Oma.

Opi Kas betrat die Küche. »Ging es um mich?«

Er hatte vergessen sein Gebiss reinzumachen. Alle konnten es sehen: ein Mund ohne Zähne.

»Es ging um die Möbel«, sagte Oma. »Und darum, dass das meiste wegkann. Ich sagte: Papsi hängt nicht an Dingen.«

»Entscheidet ihr ruhig«, lispelte Opi Kas. »Mir ist das gleich.« Er öffnete einen Küchenschrank. »Gibt's noch Fisch?«

»Den habe ich weggeworfen«, sagte Oma.

»Ich hänge nicht an Dingen«, sagte Opi Kas. »Aber sehr wohl an Fisch. Merk dir das.«

ELF

Oma und Mama wollten mit ins Schwimmbad.

»Wir machen einen Tag frei«, sagte Oma. »Es ist furchtbar staubig hier, das schlägt mir auf die Lungen. Papsi hat alles verlottern lassen.«

Opi Kas seufzte und strich sich mit seinem Ärmel über das Tränauge. »Kind«, sagte er.

Es war das erste Mal, dass er Oma so nannte. Linde stieß mich an.

»Das mit dem Staub und dem Durcheinander und dem Rest tut mir leid. Du darfst mit ins Schwimmbad, wenn du ein einziges Mal mit dem Rumgemecker aufhörst.«

Oma stemmte ihre Hände in die Seiten. »Ich meckere nicht!«

»Du müsstest dich mal hören.«

»Und wenn ich meckere, dann habe ich allen Grund dazu!«

»Ja!«, sagte Opi Kas. »Aber genug ist genug!«

»Au weia«, sagte Linde. »Es fehlt nicht mehr viel, und die Alten murksen sich noch gegenseitig ab.«

»Was sagst du da?«, fragte Mama.

»Ist doch wahr«, sagte Linde. »Oder etwa nicht?«

»Sei nicht so frech«, sagte Mama.

Innerhalb von drei Sekunden war das Zimmer voller schwarzer Sprechblasen. Ich bekam kaum noch Luft.

»Alle mal herhören«, rief ich.

»Von mir aus kannst du meckern und rumnörgeln«, sagte Opi Kas zu Oma. »Und wütend werden, soviel du willst. Aber du erreichst rein gar nichts damit!«

»Das bestimme ich immer noch selbst!«, sagte Oma.

Ich kletterte auf den Hocker und fing an zu singen. Mit voller Kraft. Und weil mir so schnell nichts Besseres einfiel und möglicherweise auch weil draußen so viel Schnee lag, sang ich:

»Oh Tannenbaum
Oh Tannenbaum
Wie grün sind deine Blätter.«

Und noch einmal, so laut, wie ich konnte. Das war kein Spott-Singen mehr, das war Schrei-Singen.

»Oh Tannenbaum

Oh Tannenbaum
Wie grün sind deine Blätter.«
Niemand sagte noch ein Wort.

Wir standen vorm Haus. Mützen auf, Antirutschsohlen drunter, Handschuhe an.

»Schließt du die Tür nicht ab?«, fragte Oma.

»Nicht nötig«, sagte Opi Kas.

»Dann eben nicht«, sagte Oma. Sie sagte es freundlich, als würde sie Opi Kas ein kleines bisschen Recht geben.

Die Sonne stand tief am Himmel. Der Himmel war strahlend blau und schien zu knistern, die Berghänge waren weißer als weiß.

»Was für ein schöner Tag«, sagte Mama überrascht.

Oma sah nach oben. »Keine Wolke zu sehen.«

Wir liefen hintereinander zur Straße. Schritt Kracks, Schritt Kracks, Schritt Kracks. Und danach weiter durchs Dorf. Opi Kas schwankte kein bisschen.

»Diese Antirutschdinger sind ziemlich praktisch«, sagte er. »Die hätte ich schon eher ausprobieren sollen.«

Im Schwimmbad gingen Mama, Oma und Linde durch eine Tür, auf der KONUR stand. Auf der Umkleide von Opi Kas und mir stand KARLAR. Ich versuchte mir das zu merken, für später bei Opi Kas zu Hause. ›Karlar‹ war das Jungszimmer und ›Konur‹ das Mädchenzimmer.

An einigen Haken hingen Anziehsachen. Hosen, dicke Pullover und eine Lederjacke.

Es war voller als beim letzten Mal. Im Schwimmbecken zogen zwei Männer ihre Bahnen. Eine Frau ließ sich auf dem Rücken treiben. Im Sprudelbad saß ein Mann mit behaarter Brust. Seine Arme waren mit Tätowierungen bedeckt und er hatte einen dicken Bauch. Die Lederjacke war von ihm, da war ich mir sicher. Er sprach mit Opi Kas, aber als Mama, Oma und Linde sich näherten, ging er weg. Das hätte ich auch getan.

Das Wasser sprudelte siedend heiß. Außerhalb des Wassers war es eiskalt. Opi Kas hatte sich seine Mütze aufgesetzt.

»Die meiste Wärme entweicht über den Kopf«, sagte er zu mir. »Wenn du mir nicht glaubst, dann schau ruhig in deinem Buch nach.«

Ich war gerade froh darüber, dass die Wärme über meinen Kopf entweichen konnte. Mit einer Mütze würde ich langsam gar kochen.

»Kurz zu heute Abend«, sagte Mama. »Wie läuft so ein Handarbeitsabend eigentlich ab?«

»Mit Handarbeitsabenden kenne ich mich nicht so richtig aus«, sagte Opi Kas. »Es wird wohl darauf hinauslaufen, dass alle etwas handarbeiten. Wahrscheinlich stricken alle. Und dann hat sicherlich jemand Waffeln gebacken. Und wer weiß, vielleicht gibt's auch was zu trinken.«

»Ich kann nicht stricken«, sagte Mama.

»Hauptsache, du kannst quatschen«, sagte Opi Kas.

»Wie denn?«

»Auf Isländisch wird das wohl nichts. Versuch's auf Englisch«, sagte Opi Kas. »Oder mit Gebärdensprache, was weiß denn ich. Frauen können immer quatschen. Und überall.«

Ich erschrak. Mama und Oma würden zu Svanna gehen. Das bedeutete, dass Linde und ich allein mit Opi Kas bleiben würden.

Ich legte Linde meine Hand ans Ohr und flüsterte: »Heute Abend!«

Linde erschrak auch.

»Was ist denn los?«, fragte Oma.

»Lass sie doch«, sagte Opi Kas.

Mama, Opi Kas und Oma saßen nebeneinander. Opi Kas in der Mitte. Seine Arme lagen auf dem Rand des Sprudelbads. Das sah aus, als hätte er sie um Mamas und Omas Schultern gelegt.

»Bekommen wir Taschengeld?«, fragte ich.

»Wir sind schon eine Woche im Rückstand«, sagte Linde. »Das heißt, wir bekommen das Doppelte.«

Am Schwimmbadausgang gab Mama uns beiden ein paar Hundert Isländische Kronen in Scheinen. Das sah viel aus, doch im Supermarkt kamen wir nicht weit damit.

Linde und ich konnten damit zusammen ein einziges Päckchen getrockneten Fisch kaufen, der Rest reichte gerade so für eine Dose Vaseline. Praktischerweise hieß Vaseline auf Isländisch auch Vaseline.

»Ich brauche Watte«, sagte ich.

»Wir haben im Mädchenzimmer Watte«, sagte Linde.

»Und Streichhölzer.«

»Streichhölzer haben wir auch. Für die Kerzen.«

Es schien sehr gemütlich zu sein im Mädchenzimmer.

»Dafür haben wir ein Glas mit einem Gebiss drin«, sagte ich.

Mama, Oma und Opi Kas waren schon ein ganzes Stück vorgegangen. Auf dem Rückweg wollte Mama noch beim Bäcker vorbei, um Kuchen zu holen. Linde und ich trödelten im Supermarkt und anschließend auf der Straße. Draußen liefen Kinder hin und her. Sie brachen Eiszapfen vom

Dach und lutschten sie, als wäre es Speiseeis. Das Mädchen mit dem gestreiften Schal war auch dabei.

»Hai«, sagte sie.

»Hai«, sagte ich.

Ich war schon seit Tagen im Dorf und kannte niemanden. Hai-Sagen zählte nicht. Ich blickte zu dem Mädchen mit dem Schal und fühlte mich traurig. Es war Schulpause und gleich würde der Unterricht wieder beginnen. Ich wünschte mir auch Schule und Pause und dann wieder Schule und danach Freunde und Fernsehen und den Computer und mein eigenes Bett und ein Wochenende bei Papa.

Wenn Opi Kas in die Berge ging, war alles vorbei. Dann konnten wir nach Hause. Oder gerade nicht. Sie würden Opi Kas natürlich suchen. Tagelang, wochenlang, monatelang.

»Ist es verboten?«, fragte ich. »Den Mund zu halten, wenn man etwas weiß?«

»Möglich«, sagte Linde.

Ich sah hoch zu den Zombiebergen. Heute waren sie furchtbar nah, ohne böse auszusehen.

ZWÖLF

»Viel Spaß«, sagte Opi Kas.

»Wenn etwas ist, dann ruft ihr an, ja?«, sagte Mama.

»Ist gut«, sagte Opi Kas. »Und viele Grüße an Svanna.«

Wir standen alle zusammen im Flur.

»Kann ich vielleicht einen Kuss bekommen?«, fragte Opi Kas. Oma schaute überrascht, bahnte sich jedoch einen Weg zu Opi Kas und gab ihm einen Kuss auf die Wange. Mama küsste die andere.

»Stimmt was nicht?«, fragte Oma argwöhnisch.

»Denk doch nicht immer so negativ«, sagte Opi Kas. »Da bin ich einmal nett, dann ist es auch wieder nicht richtig.«

»Du hast Recht«, sagte Oma. »Tut mir leid, Papsi.«

Die Haustür fiel ins Schloss. Ich hörte, wie sich Oma und Mama Schritt Kracks Schritt Kracks entfernten. Mama lachte.

»So toll ist es jetzt auch wieder nicht«, sagte Oma.

Mama lachte noch einmal, etwas weiter weg.

Opi Kas lehnte an der Anrichte. Er stand dort, ohne sich zu bewegen und ohne etwas zu sagen.

»So«, sagte er nach einer Weile. »Jetzt sind sie sicher bei Svanna angekommen.« Er sah zur Dachluke. »Twan?«

»Ja?«, sagte ich.

»Geht es, Junge?«

Ich nickte.

»Auf dem Dachboden liegen noch ein paar Sachen, die ich gleich brauchen werde.«

Ich schob den Hocker unter die Luke. Vorsichtig kletterte ich auf die Sitzfläche. Das war ganz schön wackelig. Das lag nicht so sehr am Hocker als an mir selbst. In meinem Kopf summte es und ich hatte weiche Knie. Dies war Opi Kas' letzter Abend. Der letzte Abend und ich hatte Mama und Oma nichts gesagt. Und jetzt saßen sie bei Svanna und strickten.

Die Decke war so niedrig, dass ich mich ein wenig bücken musste. Ich drückte gegen die Luke, doch nichts passierte.

»Ist schon eine Weile her, dass ich da oben war«, sagte Opi Kas. »Dann kann so was schon mal böse klemmen.«

Ich drückte noch einmal dagegen. Die Luke gab nach. Mühsam ließ sie sich aufstemmen.

»Erkennst du was?«, fragte Linde.

Auf dem Dachboden war es dunkel, meine Augen mussten sich erst daran gewöhnen. Ich stand aufrecht; meine Schultern und mein Kopf ragten durch die Öffnung.

»Irgendwo da links«, sagte Opi Kas, »liegt ein Rucksack. Kommst du dran?«

Der Dachboden war klein. Wenn man sich große Mühe gab, würde man dort liegen können. Auf dem Hocker stehend machte ich eine Vierteldrehung. Mit den Händen tastete ich den Boden ab. Innerhalb weniger Sekunden hatte ich den Rucksack gefunden. Ich hakte die Finger um einen der Träger.

Bis jetzt hatte ich Opi Kas nicht wirklich geholfen. Ich hielt den Rucksack zwar fest, könnte ihn aber wieder loslassen, ich hatte ihn Opi Kas noch nicht gegeben.

Linde legte ihre Hand an mein Bein. »Twan? Kommst du dran?«

»Gefunden«, sagte ich.

Opi Kas streckte die Arme aus. Ich zog den Rucksack zur Öffnung der Luke und ließ ihn nach unten fallen. Eine ganze Menge Staub fiel mit herunter.

Linde hatte Opi Kas geholfen, den Rucksack aufzufangen. Gemeinsam hielten sie den Rucksack fest. Solange

Linde nicht losließ, war noch alles in Ordnung. Wenn wir wollten, wäre alles sofort wieder rückgängig gemacht. Linde könnte Opi Kas den Rucksack aus der Hand nehmen und mir geben. Ich könnte ihn wieder wegräumen, die Luke zumachen und sagen: »Wir haben noch einmal darüber nachgedacht – das geht wirklich nicht.«

Doch Linde gab Opi Kas den Rucksack.

»War das alles?«, fragte sie.

»Nein«, sagte Opi Kas. »Das war noch nicht alles. Irgendwo links von der Luke liegt eine Flasche. Und da müssen auch Schuhe sein, aber wo genau, das kann ich nicht sagen.«

Ich steckte den Kopf wieder durch die Öffnung. Dieses Mal musste ich länger suchen. Meine Hände fühlten alles Mögliche: Papier, einen fettigen Lappen, Krümel und tote Tiere, Fliegen oder Asseln. Nach einer Weile fühlte ich etwas Rundes, Glattes und wusste, dass ich die Flasche zwischen den Fingern hatte. Genau daneben lagen die Schuhe.

Vorsichtig ließ ich die Flasche in Opi Kas' Hände gleiten. Linde nahm die Schuhe entgegen.

»Danke«, sagte Opi Kas. »Ich könnte selbst nicht mehr auf so einem Hocker stehen.«

»Wie willst du durch die Berge laufen, wenn du nicht einmal mehr auf einem Hocker stehen kannst?«, fragte Linde.

»Laufen gehört zur Natur des Menschen«, sagte Opi Kas, »sieh's doch mal so. Aber Hocker sind von Menschenhand gemacht – damit kommt so gut wie niemand zurecht.«

»Wir wollen nur wissen, ob du es schaffst«, sagte ich.

»Mit Leichtigkeit«, sagte Opi Kas. »Aus dem Dorf hinaus und dann an der Bergseite hinauf. Dort gibt es einen Weg. Dann geht es immer geradeaus. Und auf und ab natürlich.«

Wir tranken Apfelsaft am Küchentisch. Mama hatte einen Teller mit etwas Gebäck bereitgestellt.

»Kleinur«, sagte Opi Kas.

Die Kleinur schmeckten nach Donuts. Sie waren mit Dachbodenstaub bedeckt.

»Und jetzt müsst ihr mir einen Moment Zeit geben«, sagte Opi Kas. Er ging ins Jungszimmer.

Linde holte die Einkäufe aus dem Mädchenzimmer, ebenso die Streichhölzer und die Watte. Sie hatte keine Wattebäusche, sondern Wattepads. Ich fuhr mit ihnen durch die Vaseline, ungefähr so, wie man mit getrocknetem Fisch durch Butter fährt. In einer Küchenschublade fand ich eine Plastiktüte. Die Streichhölzer hatten keine Ähnlichkeit mit dem Feueranzünder aus dem *Großen Survival-Handbuch*, eigentlich sah alles zusammen ziemlich stümperhaft aus.

Opi Kas blieb eine ganze Weile im Jungszimmer. Linde und ich aßen noch einige Kleinur. Den Rest packten wir ein.

Als Opi Kas wieder zum Vorschein kam, trug er einen dicken Pullover, eine Art Skihose und darunter seine Dachbodenschuhe, die an seine normalen Wanderschuhe erinnerten, aber dickere Sohlen hatten und knallrote Schnürsenkel. Der Rucksack baumelte an einem Träger über seiner rechten Schulter. Opi Kas sah genauso stümperhaft aus wie mein Feuerpäckchen. Allerdings schaute er zufrieden. Sogar froh.

»Jetzt musst du noch ein Mal gut zuhören«, sagte Linde. »Hier kommen die Dreier-Regeln.«

Ich brauchte das Buch nicht. Ich kannte die Dreier-Regeln auswendig.

»Normalerweise trifft man eine Entscheidung innerhalb von drei Sekunden, und davon hängt das Überleben ab«, sagte ich.

»Mit meinen Entscheidungen ist alles in bester Ordnung«, sagte Opi Kas. »Das war schon immer so.«

»Das Gehirn kommt drei Minuten ohne Sauerstoff aus.«

»Sauerstoff satt«, sagte Opi Kas. Er holte tief Luft und atmete wieder aus.

»Bei extremem Klima überlebt man drei Stunden ohne besonderen Schutz.«

Opi Kas hob das untere Ende seines Pullis ein Stückchen an. »Isländische Schafwolle. Doppelter Faden und doppelt dick gestrickt.«

»Ein Pullover allein ist nicht warm genug«, sagte Linde.

»Ein isländischer Pullover schon«, sagte Opi Kas. »Und ich habe drunter auch noch ein paar Lagen an. Ein Hemd und noch mehr.«

»Ohne Trinken hält man es drei Tage aus.«

Opi Kas stellte den Rucksack auf den Boden und holte seine Flasche hervor.

»Whisky. Ziemlich starker, mit dem muss ich ein bisschen sparsam sein. Ich will erst trinken, wenn ich oben bin. Wasser gibt es überall. Man nimmt einen Schluck aus einem Bach oder schmilzt ein wenig Schnee.«

Ich war bei der letzten Dreier-Regel angelangt. »Ohne Essen überlebt man drei Wochen.«

»Drei Wochen kommt mir ziemlich lang vor«, sagte Opi Kas. »Aber zu dem Zeitpunkt habe ich schon längst ein Plätzchen gefunden. Eine Berghütte mit Dosensuppe. Andernfalls mache ich mich auf die Suche nach essbaren Pflanzen.«

»Im Winter?«, fragte Linde.

»Erst recht im Winter«, sagte Opi Kas. »Glaubst du mir nicht?«

»Nein«, sagte Linde. Sie nahm das übrig gebliebene Gebäck. »Nimm das mal mit. Für den Notfall.« Danach nahm sie den getrockneten Fisch. »Und das hier«, sagte sie. »Wenn der Kuchen alle ist.«

Ich hielt das Feuerpäckchen in der Hand. »Es ist nicht hundertprozentig geworden«, sagte ich. »Aber das ist egal.«

»Was ist das genau?«, fragte Opi Kas. Er betrachtete die fettige Plastiktüte und die Streichhölzer.

»Vaseline und Watte. Ich hatte keine Wattebäusche, nur diese Wattepads.«

Opi Kas nahm mir die Tüte aus der Hand.

»Junge«, sagte er.

Er wischte sich mit dem Ärmel über das Tränauge. Und über das andere Auge, denn das tränte auch.

Ich hatte die Blätter mit dem Laufgrabenunterstand und dem Quinzhee bereitgelegt. Doch im allerletzten Augenblick erschien es mir besser, sie Opi Kas nicht zu geben. Ich befürchtete, er würde nach Vorlage der missratenen Skizze anfangen zu graben. Das wäre eine falsche Entscheidung. Schließlich durfte nicht schon bei der ersten Dreier-Regel alles schiefgehen.

Linde und ich zogen unsere Jacken und unsere Schuhe an

und setzten unsere Mützen auf. Opi Kas hatte mit seinem Pulli mit den ganzen Lagen darunter genug an.

»Zum Abschied winken«, sagte Opi Kas. »Und dann geht ihr wieder rein.«

Er stand in seinen Dachbodenschuhen im Eingang. Sein anderes Paar hatte er im Flur stehen gelassen. Wer es nicht besser wusste, würde denken, Opi Kas wäre zu Hause. Nur wer ganz genau hinsah, würde bemerken, dass die Antirutschsohlen fehlten.

Wir überquerten die Fläche vorm Haus zur Hälfte. Der Himmel war dunkel.

»Es wird eine sternenklare Nacht«, sagte Opi Kas. Er zeigte nach oben. »Ich glaube, wir haben Glück.«

»Ganz viele Sterne«, sagte Linde.

»Zwischen die Sterne«, sagte Opi Kas. »Da müsst ihr hinschauen.«

»Noch mehr Sterne«, sagte ich.

»Habt ihr keine Augen im Kopf?«, fragte Opi Kas.

Zwischen den Sternen war ein undeutlicher, blassgrüner Streifen zu erkennen.

»Nordlicht«, sagte Opi Kas.

Ich sah hinauf in den Himmel. Der grüne Streifen war so blass, dass er kaum zu sehen war. Die Sterne fielen viel mehr auf, sie funkelten überall. Eigentlich war funkeln ein unnützes Wort. Etwas für ein Spott-Lied über das Land der Träume. Doch jetzt stimmte das Wort. Die Sterne funkelten wirklich. Jeder einzeln und alle zusammen. Und zwischen dem Gefunkel tauchte ein zweiter grüner Streifen auf, eine lange Zunge, die am Himmel leckte und langsam heller wurde.

Mein Telefon steckte in der Jackentasche. Ich wollte Mama und Oma anrufen. Sie mussten nach draußen und nach oben gucken, aber sie quatschten und strickten, und Svanna hatte natürlich die Gardinen zugezogen. Ich steckte die Hand in die Tasche.

Die Zunge verwandelte sich in eine grüne Schleiergardine, die sich sanft bewegte, als würde der Wind durch sie hindurchpusten. Und neben der Gardine entstand eine neue Himmelszunge, ein langes Band, das breiter wurde und wieder schmaler. Und dann verschluckte die Nacht das Grün. Nur die Sterne blieben übrig.

Ich hatte Mama und Oma nicht angerufen.

»Kommt da noch mehr?«, fragte Linde.

»Wer weiß das schon?«, sagte Opi Kas. »Nordlicht ist nicht vorhersagbar.«

»Aber was ist das?«, fragte ich.

»Aneinanderstoßende Sonnenteilchen«, sagte Opi Kas. »Und noch mehr. Vielleicht steht das in deinem Buch.«

»Ist es gefährlich?«

»Nicht, dass ich wüsste«, sagte Opi Kas.

»Da stehen nur gefährliche Dinge drin.«

»Ja, so ein Buch ist das«, sagte Opi Kas.

Er zog sich die Mütze über die Ohren und schnallte sich den Rucksack richtig um, einen Träger um jede Schulter.

»Dann mache ich mich mal auf den Weg. Und glaubt mir, Kinder, da drüben ist das Nordlicht ein ganzes Stück schöner. Dort stört das Dorf nicht, da gibt es keine Lichter.«

»Wo ist dein Wanderstock?«, fragte ich.

»Muss das sein?«, fragte Opi Kas.

»Es muss sein«, sagten Linde und ich gleichzeitig.

Opi Kas holte seinen Wanderstock.

»Du kannst damit fischen«, sagte ich. »Außerdem ist es ein Peilstock.«

»Ganz genau«, sagte Opi Kas.

»Wo gehst du jetzt hin?«, fragte Linde. »Bei welchem Berg fängst du an?«

»Kennst du die Geschichte vom Regenbogen?«, sagte Opi Kas. »Am Ende des Regenbogens steht ein Topf voll Gold. Jeder will dorthin. Ich mache es auf meine Art. Ich gehe nicht zum Ende des Regenbogens, sondern zum Ende des Nordlichts!«

»Du glaubst bestimmt, dass wir dir alles abnehmen«, sagte Linde. »Wir sind keine kleinen Kinder mehr.«

»Was ist das nur mit dir?«, sagte ich. »Wie kommst du nur auf so seltsame Ideen? Zu viel Fantasie, damit musst du aufpassen.«

Linde gab Opi Kas einen Kuss. Opi Kas gab ihr einen Kuss zurück. Opi Kas und ich gaben uns keinen Kuss. Er drückte mich ein paar Sekunden fest an sich. Er klopfte mir auf den Rücken und ich klopfte auf seinen. Der isländische Pullover roch nach Fisch von ganz früher.

»Das Ende des Nordlichts existiert nicht«, sagte Opi Kas. »Das weiß ich wohl.«

Er schloss die Schnalle an seinem Rucksack und machte sich auf den Weg. Schritt Kracks, Schritt Kracks, Schritt Kracks.

Wir sahen ihm hinterher, bis er um die Ecke gebogen war.

»Muss ich allein ins Jungszimmer?«, fragte ich.

»Ja«, sagte Linde. »Alles muss wie immer aussehen.«

Ich nickte.

»Hast du Angst?«, fragte Linde.

Ich schüttelte den Kopf.

»Doch, du hast Angst. Wenn du im Bett liegst, singe ich ›*Ein Mops kam in die Küche*‹. Einverstanden? Durch die Wand hindurch.«

»Mach mal«, sagte ich.

Opi Kas hatte etwas unter seine Decke gestopft. Es sah aus, als läge er im Bett. Aber es regte sich nichts und es war kein einziger Laut zu hören. Die Hügel unter der Decke erinnerten noch am ehesten an jemand, der alle alle war.

Ich traute mich nicht, das Licht auszumachen. Trotzdem musste es sein, denn sonst würden Mama und Oma merken, dass etwas nicht stimmte. Ich zog an der Schnur über Opi Kas' Bett und hechtete aufs Schlafsofa.

Wir haben nichts Falsches gemacht, redete ich mir ein, doch ich war nicht sicher, ob das stimmte. Wir haben Opi Kas glücklich gemacht, sagte ich zu mir selbst. Das stimmte, das wusste ich mit Sicherheit. Ich sah Opi Kas durch die Berge laufen. Den Schnee unter den Füßen. Das Nordlicht über dem Kopf.

Linde fing an sehr laut zu singen. Quer durch die Wand hindurch.

»*Ein Mops kam in die Küche*

Und stahl dem Koch ein Ei
Da nahm der Koch den Löffel
Und schlug den Mops entzwei.
Da kamen alle Hunde
Und gruben ihm ein Grab.
Sie setzten einen Grabstein
Darauf geschrieben ward:
Ein Mops kam in die Küche
Und stahl dem Koch ein Ei.«

Drei Mal, mehr nicht. Nicht auszudenken, Mama und Oma kämen nach Hause und würden das hören.

DREIZEHN

Beim Frühstück brauchte niemand auf dem Hocker zu sitzen. Weil wir einer weniger waren.

»Papsi bleibt aber lange im Bett heute«, sagte Oma.

Linde und ich wagten nicht, uns anzusehen.

»Er wird den Schlaf brauchen«, sagte Mama.

»Sollten wir nicht kurz nachsehen?«, fragte Oma.

Mama stand auf und verließ die Küche. »Opa?«, rief sie.

Keine Antwort. »Opa?«, rief Mama noch einmal.

Oma schlug die Hand vor den Mund.

Ich hörte, wie Mama durch den Flur lief. Sie öffnete die Küchentür. »Er ist weg«, sagte sie.

»Hab ich mich erschrocken«, sagte Oma. »Ich dachte schon, Papsi wäre …«

»Er ist weg!«, rief Mama. Sie lachte nervös. »Verflixt, das ist ja wie in einem schlechten Film. Er hat zwei Kissen unter seine Bettdecke gestopft.«

»Aber wann denn?«

Mama sah uns prüfend an. »Wenn ihr etwas wisst, raus mit der Sprache, jetzt.«

»Opi Kas ist fort«, sagte Linde.

»Das habe ich gemerkt«, sagte Mama. »Aber wann?«

»Gestern Abend«, sagte ich.

»Wo ist er hin?«, fragte Oma.

»Nirgendwohin«, sagte Linde.

»Irgendwohin«, sagte ich.

Mama sagte einige Augenblicke nichts. Oma schüttelte leicht den Kopf. Die Stille dauerte nur wenige Sekunden, allerdings war sie schlimmer als hundert Sprechblasen.

»Er will nicht in einem Krankenhaus sterben«, sagte Linde.

»Er ist in die Berge«, sagte ich.

Jetzt, wo Opi Kas fort war, kamen die Geheimnisse heraus. Wir konnten sie nicht zurückhalten. Es ging einfach nicht mehr.

»In die Berge?«, fragte Mama.

»Weil er fast alle ist«, sagte ich.

Mama ging zur Anrichte und nahm ihr Telefon zur Hand. »Ich rufe die Polizei.«

»Hast du die Nummer?«, fragte Oma.

»Ich rufe Svanna an, um die Nummer herauszubekommen.«

»Vielleicht ist es einfach 112 wie bei uns«, sagte Oma. »Probier erst 112.«

»112 ist nur für Notfälle.«

»Aber das hier ist ein Notfall!«, sagte Oma.

»Ist weglaufen ein Notfall?«

»Es handelt sich um einen alten Mann und er ist schon eine Nacht weg!«, sagte Oma. »Natürlich ist das ein Notfall!«

»Ich weiß nicht«, erwiderte Mama.

Linde fing an zu weinen. »Ihr dürft die Polizei nicht anrufen!«

Ich versuchte meine Tränen zurückzuhalten, aber meine Augen liefen über. »Opi Kas darf selbst entscheiden, wohin er geht.«

»Das darf er nicht!«, sagte Oma. »Er ist eine Gefahr für sich selbst!«

Mama setzte sich wieder an den Tisch. »Beruhigen wir uns«, sagte sie. »Bitte. Wir rufen die Polizei, aber erst müssen wir uns beruhigen.«

»Die Polizei hat damit nichts zu tun«, sagte ich.

»Opi Kas ist Herr über sein eigenes Leben«, sagte Linde.

»Ja«, sagte Oma. »Herr über sein eigenes Leben. Genau so

denkt Papsi darüber.« Sie fuhr sich mit den Händen übers Gesicht. »Jetzt verstehe ich erst: Er will verschwinden. Nein, er ist verschwunden.«

»Niemand kann einfach so verschwinden«, sagte Mama.

»Papsi schon«, sagte Oma. »Früher ist er am laufenden Band verschwunden.«

»Eine Nacht da oben in den Bergen«, sagte Mama. »Das ist doch entsetzlich?«

»Wir rufen die Polizei«, sagte Oma. »Aber ich fürchte, das wird nicht helfen. Ich glaube nicht, dass jemand Papsi finden kann. Er will nicht gefunden werden.«

»Ich rufe erst Svanna an«, sagte Mama.

»Das ist am besten«, sagte Oma.

»Ich weiß nicht mehr, was am besten ist«, sagte Mama.

Mama und Oma warteten im gelben Haus auf die Polizei. Linde und ich gingen hinaus, um die Berge zu betrachten. Es hatte aufs Neue angefangen zu schneien. Kleine Flocken rieselten dicht an dicht auf die Erde herunter. Die Zombieberge standen reglos hinter weißem Nebel.

»Oma hat Recht«, sagte Linde. »Niemand kann ihn finden.«

»Er will nicht gefunden werden.«

»Und sie wissen nicht, auf welchem Berg sie suchen sollen«, sagte Linde.

»Alles ist voller Berge hier.«

Ich sagte etwas und Linde sagte etwas, das war wie Werfen und Fangen.

»Weißt du, was das Beste ist?«, fragte ich.

»Sag's mir«, sagte Linde.

»Ich glaube, dass es das Beste nicht gibt«, sagte ich.

DANKSAGUNG

Ich habe an verschiedenen Orten an diesem Buch gearbeitet. Zuallererst in Herhúsið in Siglufjörður, hoch im Norden Islands. Dort sammelte ich viele Eindrücke, die in die Geschichte eingeflossen sind. Anfangs war der Text voller Einzelheiten, später habe ich dies und das gestrichen. Wie dem auch sei, mein Aufenthalt dort war von unschätzbarem Wert. Um wenig schreiben zu können, muss man viel wissen.

Ich danke dem Team von Herhúsið: Ásta Júlía Kristjánsdóttir, Kristján Jóhansson, Guðný Robertsdóttir und Hálfdán Sveinsson. Im Heringsmuseum, dem Síldarminjasafn Íslands, wurde ich äußerst freundlich von Örlygur Kristfinnsson und Rósa Margrét Húanadóttir empfangen. Ich durfte vorbeikommen, wann immer ich wollte, und saß manchmal unten im Heringsboot und schrieb. Örlygurs und Guðnýs Tür stand mir immer offen, ich werde ihnen ihre Gastfreundschaft nie vergessen. Ebenso wenig das Essen, die Musik und die Gespräche. Guðný machte mir zudem ein wertvolles Geschenk: Sie nahm mich mit zum Nordlicht. Und auch wenn das kein großes Schauspiel war, so war es doch mein erstes Mal. Nun ja, so gut wie mein erstes Mal, ich rechne die ganzen winzigen Schimmer davor nicht mit.

Einen Teil des Buches schrieb ich in Berlin. Mein Dank gilt hier dem Internationalen Literaturfestival Berlin und dem Hotel Bleibtreu, in dem ich als Hotelschreiberin sechs Wochen arbeiten durfte. In dieser Zeit floss mir weniger aus der Feder als erwartet, aber ich entdeckte viel über meine Schriftstellerei, und mein Aufenthalt in Berlin hatte große Folgen. Manchmal ist eine Unternehmung auf ganze andere Art und Weise fruchtbar als beabsichtigt.

Ich setzte meine Arbeit am Buch im Süden Islands, in Laugarvatn, fort. Ich dachte, ich hätte den Winter in Siglufjörður kennengelernt, doch Laugarvatn schlug alles. Gerade zu dem Zeitpunkt, als ich mich dort in einem Bauernhof häuslich einrichtete, wo mein Plan vorsah, den größten Teil der Zeit alleine zu verbringen, war das Wetter ungewöhnlich rau. Schneestürme, das Nordlicht in voller Stärke, unpassierbare Zufahrtswege. Es gab eine Nacht, in der ich sogar fürchtete, das Dach würde mir über dem Kopf weggepustet. Doch mal abgesehen von dieser einen Nacht, fühlte ich mich sicher und geborgen und sehr stark.

Einen Dank an Alda Sigurðardóttir und Kristveig Halldórsdóttir, die mit einer solchen Wärme und Begeisterung das Künstlerzentrum Gullkistan betreuen und mich mit offenen Armen aufnahmen.

Und einen Dank an Jón Özur Snorrason und Ari Halldórsson. Ich habe die Einsamkeit genossen, aber ihre Gesellschaft mindestens genauso. Ich erwähne hier nur die Namen, die in direkter Verbindung mit den Orten meines Schreibens stehen. Natürlich gibt es noch weitere Isländer und Berliner, die ungenannt bleiben, die ich aber sehr wohl in meinem Kopf und Herzen trage. Mit Leichtigkeit könnte ich ein ellenlanges Dankwort schreiben.

Und nicht zu vergessen die Menschen zu Hause. Meine Familie. Die geduldigen Freunde und Freundinnen. Mein Verlag Uitgeverij Querido, insbesondere Dik Zweekhorst und Helga Snoeij. Zum Schluss danke ich dem Nederlands Letterenfonds.

Bereits von Marjolijn Hof bei Aladin erschienen:
Mein Opa und ich und ein Schwein namens Oma

Nederlands letterenfonds
dutch foundation
for literature

Die Übersetzung dieses Buches wurde
von der Niederländischen Stiftung für Literatur gefördert.

MIX
Papier aus verantwortungsvollen Quellen
FSC® C014496
FSC www.fsc.org

1. Auflage 2015

Originalverlag: Em. Querido's Uitgeverij BV, Amsterdam 2014
Originaltitel: De regels van drie
Umschlagbild und Vignetten: Joëlle Tourlonias
Aus dem Niederländischen von Meike Blatnik
Lektorat: Svenja Drewes
Herstellung, Layout und Satz: Steffen Meier
Lithografie: Margit Dittes Media, Hamburg
Satz aus Plantin, TrashHand und New Courier
Druck und Bindung: GGP Media GmbH, Pößneck
Printed in Germany
ISBN 978-3-8489-2044-0

www.aladin-verlag.de